AF624212

भारतीय
ज्ञानपीठ

आँख का नाम रोटी

(कहानी-संग्रह)

आँख का नाम रोटी

हरि भटनागर

भारतीय ज्ञानपीठ

लोकोदय ग्रन्थमाला : ग्रन्थांक 1276

ISBN 978-93-263-5450-9

आँख का नाम रोटी

(कहानी-संग्रह)

हरि भटनागर

प्रथम संस्करण : 2016

मूल्य : 150 रुपये

प्रकाशक : भारतीय ज्ञानपीठ

18, इन्स्टीट्यूशनल एरिया, लोदी रोड, नयी दिल्ली-110 003

मुद्रक : चार दिशाएँ प्रिंटर्स, नोएडा

आवरण : महेश्वर

AANKH KA NAAM ROTI

(Short-stories)

by Hari Bhatnagar

Published by

Bharatiya Jnanpith

18, Institutional Area, Lodi Road, New Delhi-110 003

Ph. : 011-24698417, 24626467; 23241619 (Daryaganj)

Mob. : 9350536020; e-mail : bjnanpith@gmail.com

sales@jnanpith.net; website : www.jnanpith.net

First Edition : 2016

Price : Rs. 150

मुन्ना भाई साहब की
स्मृति को सादर समर्पित

अनुक्रम

आँख का नाम रोटी	9
बला	13
चोरी	17
दूसरा	21
कथरी	27
माई	33
ओट	38
फ़ाक़ा	47
माँ की एक बेतुकी कहानी	50
ख़सम	55
शिकंजा	62
मुसुआ	74
शर्म	78
आँच	85
भय	92

आँख का नाम रोटी

बाहर कोई बच्चा रो रहा है। रोने की आवाज़ ऐसी कि लगता, बच्चा किसी तकलीफ़ में है। चोट लगी है या कोई दूसरी पीड़ा है।

मैं अपने काम में लगा हूँ। आम काटने में। पिछले साल किसी झंझट की वजह से अचार नहीं डल पाया था। पत्नी कहती रह गयी थीं लेकिन बात टलती चली गयी थी। लेकिन इस बार मैं दस किलो आम ले आया था और अचार डालने का मसाला और तेल। पक न जाएँ इस लिहाज से काटने भी बैठ गया था।

लेकिन रोने की आवाज़ काम करने से रोक रही है। मैं टालता हूँ, दस-बीस आम और काट डाले, मगर इसके आगे ख़तरा है। ख़तरा यही कि ध्यान रोने की आवाज की तरफ है। ऐसे में यदि चूक हो जाए तो अमकटना कोई अपना सगा तो है नहीं, वह तो अपना काम करेगा, इस लिहाज से मैं उठा और लुंगी से कुसली के टुकड़े झड़ाता, दरवाज़ा ठेलता बाहर आ खड़ा हुआ।

दरवाज़े के सामने कोई न था। बाएँ हाथ की ख़ाली जगह की ओर बढ़ा। मजूर परिवार दिखा। मजूर, उसकी घरवाली और चार-पाँच साल की एक बच्ची। कल शाम को ऑफिस से लौटते वक़्त मैंने इस परिवार को देखा था। तीनों ख़ाली पड़ी जगह में सहमे-से बैठे थे। शायद यह डर हो कि कोई टोक न दे कि यहाँ डेरा क्यों डाला, आगे जाओ। मुझे देखकर उनका डर बढ़ गया होगा, लेकिन जब मैं कुछ न बोला तो उन्हें लगा होगा कि घबराने की ज़रूरत नहीं, बने रहो।

सामान के नाम पर इनके पास एक बड़ी-सी पोटली थी और मज़बूत लट्ठ जिसमें लम्बी डोरी के साथ पीतल का चमचमाता लोटा कसा था। मजूर तीसेक साल का होगा। काला, पतला और काफ़ी लम्बा। टँटैया भील जैसा! मुँह चपटा और माथा छोटा। चेहरे पर फ्रेंच स्टाइल जैसी दाढ़ी-मूँछें जो काफी गझिन थीं। आँखों के गटे सफ़ेद थे और उनके सिरों पर लालिमा थी जो सम्भवत: थकान या लम्बी धुपैली यात्रा के कारण थी। वह बहुत ही गन्दा, चीकट होता बड़ा-सा साफा बाँधे था। बदन पर लम्बा बिना बटनों का कुर्ता था और उसके नीचे घुटनों तक

खुटियाई धोती। पैरों में प्लास्टिक के काले, घिसे जूते थे। कुर्ता–धोती काफ़ी मैले और तेल के धब्बों से भरे थे। कुर्ते की आगे की जेब में वह एक लाल रंग के रूमाल जैसे कपड़े में बीड़ी–माचिस लपेटे था जिन्हें इस वक़्त कपड़े से निकाल रहा था। बीड़ी उसने मुँह के कोर में दबाई और माचिस हथेली पर रगड़ने लगा।

उसकी घरवाली चटख लाल रंग के काले किनार की धोती पहने थी। सिर से पल्लू सरका हुआ था। पैर घुटनों के नीचे खुले थे जिनमें मोटे–मोटे वज़नी कड़े थे और लच्छे जिनसे पैरों में घिट्टे पड़ गये थे। उँगलियों में अँगूठों को छोड़कर सभी में छल्लेदार बिछुए थे। सिर के बाल उलझे हुए लटों में बदल गये थे जिन्हें वह बेतरतीबी से बाँधे हुए थी। घुटने पर ठोढ़ी टिकाये बैठी वह बच्ची को देख रही थी, कातर–सी।

बच्ची पोटली पर औंधी पड़ी रो रही थी। हथेलियाँ आँखों पर रखे। उसके बदन पर कसी–सी बनियान थी जो धूल और पसीने से बदरंग थी। बनियान छेदों से भरी थी। बनियान के नीचे ढीली–ढाली जाँघिया थी जिसका नाड़ा बाहर को लटका था। बाल उसके बेतरह लटियाये तार के गुच्छे जैसे लग रहे थे। लगता था कभी उनमें न तेल पड़ा है और न पानी के छींटे। वह गोल मुँह की थी खुश्की से भरी। रो रही थी और हथेलियों से बुरी तरह आँखें मले जा रही थी। रह–रह वह चीख़ पड़ती जैसे आँखों में दर्द हो रहा हो।

ऑफिस की थकान की वजह उस वक़्त मैं पल भर को ठहरा था और फिर अन्दर आ गया था और भूल भी गया था कि कोई मजूर परिवार भी बग़ल में थका–हारा है। शाम को उसने खाना खाया, पानी पिया या नहीं—मैंने ध्यान न दिया और खा–पीकर पड़ गया था।

लेकिन इस वक़्त मैं मजूर परिवार के सामने काफ़ी देर से खड़ा हूँ और इस टोह में हूँ कि बच्ची क्यों रो रही है। कल भी वह रो रही थी लेकिन आज कुछ ज़्यादा ही। हथेलियों से वह बुरी तरह आँखें मले जा रही थी, कहीं आँखों में तकलीफ़ तो नहीं। कुछ पता नहीं चल पा रहा था। बस वह रोए जा रही थी।

मजूर मुँह बाँधे बैठा है। आँखों में उसके सख़्ती है जैसे कह रहा हो, तकलीफ है बच्ची को, आपको क्या? आप जाइए यहाँ से। मुझसे मत पूछिए कुछ! उसकी घरवाली दीवार से टिकी है, निढाल–सी जैसे बच्ची के रंज में हो।

मुझसे रहा न गया। आगे बढ़कर मजूर से पूछा कि बच्ची क्यों रो रही है?

मजूर बीड़ी का धुआँ नाक से छोड़ता बीड़ी के टोंटे को तलुवे पर रगड़कर बुझा रहा था। बुझा टोंटा उसने कान में खोंस लिया। उसने मेरी बात का जवाब नहीं दिया। गर्दन झिटककर, गोया गुस्से में हो ज़मीन की ओर देखने लगा एकटक।

—तुम्हीं से पूछ रहा हूँ? हाथ लहराते हुए मैंने मजूर से पूछा—बच्ची क्यों रो

रही है?

मजूर के चेहरे पर वही ग़ुस्सा। आँखों में भी उसी का असर है। मेरे पूछने पर वह काठ बना रहा।

नालायक! अन्दर ही अन्दर गाली देते हुए मैं मजूरन से मुख़ातिब हुआ—क्यों रो रही है छोरी? मेरी आवाज तीखी होती जा रही थी।

औरत ने गहरी साँस छोड़ी और मेरी ओर एक नज़र डालकर दोनों हाथों से सिर थाम लिया जैसे कह रही हो पूछकर क्यों परेशान करते हो साहब!

मैंने बच्ची को देखा जो बेतरह आँखें मले जा रही थी और रोये।

मैंने अग़ल-बग़ल नज़र डाली। न चूल्हा, न राख। ज़ाहिर था रात में सत्तू वग़ैरह खाकर भूख मिटा ली होगी या यह भी हो सकता है कुछ न होने पर भूखे ही सो गये होंगे। मजूर और मजूरन तो भूखे रह सकते हैं, लेकिन बच्ची? वह भूखी भला कैसे रह सकती है? शायद इसीलिए रो रही है।

मैंने पूछा—आप लोगों ने कल कुछ खाया या नहीं?

दोनों ने कोई जवाब नहीं दिया। दोनों का जवाब न देना मेरे लिए असह्य होने लगा। कैसे हैं दोनों कि कुछ बोलते नहीं!

यकायक मैं बच्ची के सामने बैठ गया उकड़ूँ। पुचकारते हुए उससे पूछा- क्यों रो रही हो बेटा? मैंने आँखों पर से उसकी हथेलियाँ हटानी चाहीं लेकिन उसकी जकड़ इतनी मज़बूत थी कि हटा न पाया। वह रोती रही।

मज़दूर के पास खड़े होते मैंने पूछा—कहाँ से आए हो? घर कहाँ है?

उसका मुँह खुला, बोला—बिलासपुर से!

क्यों आए यहाँ? मैंने पूछा तो उसका जवाब था—पानी नहीं है साहब, मजूरी के लिए आना पड़ा।

बच्ची क्यों रो रही है?—मैं मुद्दे पर आया।

गहरी साँस छोड़ता वह बोला—साहब, आँख पिरा रही है।

इतनी देर से पूछ रहा हूँ, अब बोली फूटी... मैं झल्ला पड़ा।

आँखें न मल बेटा—कहता मैं बच्ची के आगे बैठ गया। बहलाते हुए मैंने उसकी हथेलियाँ हटाईं आँखों पर से। एक तो आँखें आई थीं, दूसरे बच्ची ने इतनी ज़्यादा मल ली थीं कि लाल भभूका हो रही थीं। उनमें से पानी झर रहा था।

मैंने मजूर से कहा—यहाँ बारह सौ पचास में सरकारी अस्पताल है, सीधी बस जाती है यहाँ से। चलो जाओ, दिखा दो, आँख का मामला है।

मेरे कहे का मजूर पर कोई असर न था। जैसे मैंने ग़ैरज़रूरी बात कह दी हो। मजूरन आँखें सिकोड़े मुँह बिचकाए ऐसे बैठी थी जैसे मेरी बात उसे खल रही हो।

मैंने मजूर को समझाया—देखो, मेरा कहा मानो, बच्ची को दिखा आओ,

अस्पताल कोई दूर नहीं है, यही पाँच मील होगा!

मजूर ने गरदन हिलाई जैसे मेरी बात मान गया हो। बीड़ी सुलगाते हुए उसने बच्ची को देखा, पूछा—चलेगी अस्पताल, साहब कह रहे हैं।

मुझे लगा कि मजूर मेरी बात मान गया, इसलिए मैं अन्दर चला गया और ऑफ़िस के लिए तैयार होने लगा। तैयार होकर जब बाहर निकला मजूर, उसकी घरवाली पूर्ववत् बैठे थे। बच्ची आँखें मलते हुए अभी भी सिसक रही थी।

मैं समझ गया कि इसके पास अस्पताल जाने और दवा के लिए पैसे नहीं हैं, इसलिए यह अस्पताल नहीं जा रहा है।

मैंने पचास का नोट निकाला और मजूर को थमाता बोला—लो, जाकर दिखाओ, ढील न करना।

मजूर के उदास चेहरे पर ख़ुशी की लहर तैर गयी। वह उठ खड़ा हुआ और हाथ जोड़कर माथे पर लगाता मेरे प्रति कृतज्ञता ज्ञापित करने लगा।

मैंने कहा कि इसकी ज़रूरत नहीं, तुम जाकर बच्ची को दिखाओ। आँख ऐसी चीज़ है कि कुछ गड़बड़ हुआ तो बिचारी कहीं की न रहेगी।

उसने हामी में सिर हिलाया।

मैं स्कूटर स्टार्ट करता ऑफिस की ओर बढ़ा।

शाम को ऑफिस से लौटा तो भारी प्रसन्न था और सीधे मजूर परिवार की ओर बढ़ा। बच्ची चुप थी और आँखें मीचे हुए पोटली से टिकी रोटी खा रही थी।

मैंने मजूर से पूछा—क्यों, दिखा लाए?

मजूर मुस्कराया, बोला कुछ नहीं।

मैंने बच्ची की आँखें देखीं—पहले से ज़्यादा लाल, सूजी और कीचड़ से चिपचिपाई हुई थीं, दवा का नामोनिशान न था।

मैंने माथा सिकोड़ा, बिगड़ते हुए मजूर से कहा—मैंने पैसे दिए, तब भी तुम अस्पताल नहीं गये! डॉक्टर को नहीं दिखाया, हद है!

मजूर सफ़ाई देता बोला—साहब, रोटी खा ली है, आँख ठीक हो जाएगी!

—रोटी खाने से कहीं आँख ठीक होती है! गुस्से में हथेली पर मुक्का मारता हुआ मैं उसे करीं निगाह से छेदता बोला।

—हाँ, साहब, ठीक हो जाएगी आँख! रोटी जो खा ली है!!! कल से भूखी थी! मजूर सहज था।

मैं गुस्से में अलफ था—रोटी का आँख से क्या ताल्लुक?

मजूर का जवाब था—साहब, रोटी खा ली है, आँख ठीक हो जाएगी! पक्का जानें!!!

लड़की को देखता मैं अवाक् था।

बला

पाल का दिमाग़ बुरी तरह पलझाया हुआ है।

पलझाया इसलिए कि दस–पन्द्रह दिनों से धन्धा पूरी तरह चौपट है। एक तो भयंकर गर्मी और जानलेवा उमस कि लोग मजबूरी में घर से निकलते, दूसरे मन्दिर–निर्माण को लेकर शहर में जुलूसों का रेला है। प्रशासन ने शहर के तमाम रास्ते ज़ाम कर रखे हैं। बेरीकेड्स और कँटीले तार... बावजूद इसके जुलूसों का शोर कम होने का नाम नहीं ले रहा है। जुलूस, हल्ला, गिरफ़्तारी और पुलिस...शहर के तक़रीबन सभी रास्ते अँटे पड़े हैं, उस पर हाहाकारी गर्मी और उमस...

पिछले दस–पन्द्रह दिनों से यह सब मचा है।

पाल रिक्शा चलाता है। रिक्शा किराये पर है। रोज़ाना के हिसाब से पच्चीस रुपये लगते हैं। सवारी मिले, न मिले। पच्चीस रुपये उसे हर हाल में भरने हैं। ऐसी हालत में गलियों में निकलने पर भी उसे सवारी न मिली। उसने सोचा था जब बड़े रास्ते बन्द हैं तब छोटी गलियाँ आवाजाही के लिए खुली होंगी और सवारी ज़रूर मिलेगी, लेकिन गलियों का हाल भी बुरा था। दिन पर दिन निकलते गए सवारी न मिली। उसका दिल रो रहा था। क्या करे वह? घर का पेट कैसे पले? दस दिन पहले पिसान ख़त्म हो गया था। सिर्फ एक झोला शकरकन्द थी। वह और उसका परिवार भूख जगने पर जिसे भूनकर, थोड़ा–थोड़ा और ज़रूरत से ज़्यादा पानी के साथ हलक़ के नीचे उतार लेता था, लेकिन कल रात से शकरकन्द भी न थी। ख़ुद वह भूखा रह सकता है, पत्नी भी रह सकती है, मगर छोटी बच्ची, उसे तो कुछ खाने को चाहिए सोचकर वह परेशान था।

उसकी घरवाली ने साफ़ कह दिया था कि किरानेवाले और पड़ोसियों ने उधारी के लिए हाथ जोड़ लिये हैं। उसे देखते ही वे मुँह फेर लेते हैं। अभी वह पड़ोसी मंगल के यहाँ गयी थी कि आलू या कुछ भी मिल जाए लेकिन जब ख़ुद मंगल के पास कुछ न था तो वह उसे क्या देता! पत्नी ख़ाली हाथ, उदास लौटी और टटरे से टिक के बैठ गयी, कनखियों से पाल को देखते हुए।

—सब जगह फिर आई, किसी के पास खाने को संखिया तक नहीं! थोड़ी देर चुप रहने के बाद उसने उदास स्वर में कहा।

पाल ने पत्नी की बात सुनी जैसे आग से चहक गया हो। फिर भी अनमना बना रहा। उसने उदास भाव से धुन्ध भरे आसमान की ओर देखा जिसमें गर्मी की वजह से एक भी चील-गिद्ध न थे। अगर होते तो ज़रूर उसके ढेर होने के इन्तज़ार में मंडरा रहे होते!

—कब तक मन्दिर की आग बरती रहेगी? पत्नी ने माथा पीटते हुए पाल से पूछा।

पाल जवाब देना नहीं चाहता था। सहसा उसके माथे पर बल आ गया, क्रोध में बोला—यह आग कभी बुतने वाली नहीं, हम लोगों को जलाकर भी नहीं!

इस पर उसकी घरवाली ने दाँत पीस डाले। थोड़ी देर रुककर वह आहत स्वर में बोली—पुष्पी सो रही है, जगने पर क्या दूँ? पत्नी के प्रश्न पर उसने गुस्से में तड़पकर सिर थाम लिया—नाहक दिल जलाती है ससुरी! उसका मन हुआ कि उठे और पत्नी को हन के थपारा मारे कि प्रान निकल जाएँ! कमीन, जान रही है हाथ बँधे हैं, फिर भी लुघरिया करने से बाज नहीं आ रही।

यकायक पत्नी को जैसे कुछ याद आया, वह उठी और झुग्गी के अन्दर चली गयी। थोड़ी देर बाद लौटी तो उसके हाथ में आधी रोटी का कई दिन का सूखा टुकड़ा था जिसे वह चेहरे पर हलकी करुण मुस्कान के साथ काग़ज़ के ऊपर रखकर लोढ़ी से चूर करने लगी।

पाल समझ गया कि पत्नी ने बच्ची को बहलाने का रास्ता ढूँढ़ निकाला। अब वह चूर्मा जैसा कुछ बनाएगी। चलो अभी का संकट तो टला! जिस गुस्से के हवाले वह था, अब काफ़ूर था। पत्नी पर वह ग़लत नाराज़ हो रहा है। वह तो ख़ुद बेहाल है आर्त्त होता जब वह यह सोच रहा था तभी पड़ोसी रामहरस आता दिखलाई दिया। उसके पीछे एक अधेड़ आदमी बड़ा-सा लट्ठ लिये चला आ रहा था। उसके पीछे एक बूढ़ी-सी औरत थी। आदमी गंजा था, मटमैली बनियान पहने, उस पर लाल गमछा डाले। घुटनों तक धोती खुटियाये वह नंगे पाँव था। औरत नीली धोती पहने थी। मुँह सूखा और झुर्रियों से लदबद था। पाँवों में वह बड़े पट्टों की घिसी-सी हवाई चप्पल पहने थी। हाथ में प्लास्टिक का झोला था। ज़ाहिर है, उसमें गृहस्थी का सामान होगा।

दोनों को देखते ही पाल पहचान गया। सुक्खू और उसकी घरवाली थे।

सुक्खू पाल के गाँव का है और बचपन का दोस्त। तीन साल पहले जब पाल गाँव से भागकर इस शहर में आया था, शहर के एक कोने में पहले किराए से रहा, फिर अपनी झुग्गी डाल ली थी और रिक्शा पकड़ लिया था। उसे सुक्खू का ख़याल

आया था कि अगर वह भी आ जाए तो कितना अच्छा हो! सुख से दोनों जून रोटी तो नसीब होगी! वहाँ सूखे में क्या मिल रहा है उसे—भुखमरी और परेशानी! पिछले साल जब वह गाँव गया था, सुक्खू के पीछे पड़ गया, शहर आ जाने के लिए। उस वक़्त सुक्खू ने कोई जवाब तो नहीं दिया था, लेकिन अन्दर ही अन्दर मन में वह शहर का सपना पाल बैठा था, पाल को देखकर।

लेकिन पिछले माह जब प्यास से दोनों बैल मर गये और गाभिन गाय, उसने मन बना लिया शहर जाने का। और कल रात वह बस में बैठ ही गया पत्नी के साथ।

मगर इस वक़्त सुक्खू को देखकर पाल पसीना-पसीना हो गया। इस संकट में यह सुक्खू कहाँ से और क्यों आ टपका, घरवाली के साथ?

रामहरस झुग्गी के सामने आ खड़ा हुआ। जूते में आ गये कंकड़ को निकालते हुए उसने सुक्खू को इशारे से पाल को दिखलाया और चलता बना।

यकायक पाल उठा और तेज़ी से चलकर झुग्गी के पीछे चला गया जैसे उसने सुक्खू और उसकी घरवाली को देखा ही न हो। अंगोछे से वह रिक्शा झाड़ने लगा और इतनी धूल करने लगा ताकि सुक्खू और उसकी घरवाली उसमें खो जाएँ।

लेकिन सुक्खू और उसकी घरवाली धूल में खोनेवाले न थे। पाल ने सन्ध से झाँका, उसकी घरवाली चिहुँककर उठी और पहले तो सुक्खू के गोड़ छुए फिर सुक्खू की घरवाली से ज़ोरों से लिपट गयी और ज़ोर-ज़ोर से रो पड़ी।

दोनों औरतें ख़ुशी में ज़ोर-ज़ोर से रो रही थीं और सुक्खू गमछे से अपने ऊपर हवा कर रहा था—मुँह बाए दोनों को भेंटाते हुए देखकर।

पाल अन्दर तक भीग गया लेकिन उसने गरदन झटकी, अपने को कर्रा किया और रिक्शे पर बैठने को था कि पत्नी ने पीछे से उसकी कमीज़ खींची।

—कैसे मानुष हो जी तुम? कहाँ चले, कुछ तो करो!

—क्या करूँ?

—अतिथि को जलपान तो कराना होगा?

—ज़हर दे दे—पाल गुस्से में तड़पकर बोला—यहाँ क्यों आए? क्या रखा है यहाँ? देख नहीं रही है भूखे मर रहे हैं। और तू इस पे कह रही है जलपान तो कराना होगा? तू...तू...वह हकला उठा—तू कह दे, लौट जाएँ यहाँ से...

—कह दूँ? पत्नी ने सख़्त होकर कहा।

—हाँ, कह दे। कहता वह रिक्शा खड़खड़ाता सड़क की ओर बढ़ गया।

पाल ने अतिथि को ज़हर देने को कह ज़रूर दिया, लेकिन अन्दर ही अन्दर वह इस वाक्य के गुंजलक में दिन भर तड़पता रहा। एक गली से दूसरी गली, इधर से उधर वह कभी पैदल, कभी पैडल पर खड़े होकर रिक्शा खींचता रहा, सवारी की खोज में, लेकिन दिमाग़ में सुक्खू और उसकी घरवाली बने रहे जिन्हें उसने देखकर

भी नहीं देखा। भेंटाया भी नहीं। जल–पान तो दूर, मुँह फेरकर भाग खड़ा हुआ था।

उसे दुख था कि क्यों वह उसे शहर आने के लिए न्यौत आया था और धन्धा–पानी जमवा देने का वादा कर आया था! रह–रहकर वह सोचता और सिर धुनता जाता था।

दिन भर इन्हीं सवालों से लड़ता वह सवारी की तलाश में भटकता रहा। भूख–प्यास से उसका हाल बेहाल था, फिर भी सुक्खू पछतावे की तरह उसके दिमाग़ में बना रहा।

शाम होने को आई एक सवारी हाथ न लगी, उसका पछतावा और बढ़ गया। झुग्गी की तरफ़ किस मुँह से जाए? पत्नी से तो वह आँख मिला भी लेगा लेकिन सुक्खू और उसकी घरवाली से! रंज में डूबा वह यह सोच रहा था तभी एक सवारी रिक्शे में आ बैठी। हालाँकि उसे यक़ीन नहीं हो रहा था कि सवारी आ बैठी है क्योंकि लम्बे समय से सवारी नहीं मिली थी।

सँकरी गलियाँ पार करता जब वह गंतव्य तक पहुँचा सवारी ने उसे दस रुपये दिए।

अप्रत्याशित रूप से दस रुपये पाकर वह इतना ख़ुश हुआ कि सवारी के उसने पाँव छू लिये और ज़ोरों से रो पड़ा। जैसे कहना चाहता हो, ये पैसे पहले मिल जाते तो कितना अच्छा होता। ख़ैर।

दस रुपये का उसने चक्की से पिसान ख़रीदा और पैदल, दौड़ता हुआ रिक्शा खींचता झुग्गी की ओर बढ़ा, हुलास में। जल्द से जल्द वह ठीहे पर पहुँच जाना चाहता था, अतिथि के स्वागत में।

रिक्शा टिकाता जब वह झुग्गी पर पहुँचा, पत्नी ने गीले स्वर में बताया कि अतिथि तो उसी बखत उल्टे पाँव लौट गये!

उसी बख़त लौट गये!!! वह पत्नी पर बेतरह बमका कि तूने रोका क्यों नहीं; पत्नी ने और भी गीले स्वर में कहा—मैंने तो लाख मनाया, दोनों माने नहीं। फिर कभी आने की कह के चले गये—एक क्षण रुककर पत्नी ने आगे कहा—पुष्पी के लिए दोनों सत्तू रख गये!

—सत्तू!!! ख़ुद भूखे रहकर उल्टे सत्तू दे गये!!!

पाल को लगा जैसे किसी ने उसका कलेजा निकाल लिया हो। हाथ से पिसान का थैला छूटकर ज़मीन पर गिर पड़ा।

वह रो पड़ा।

चोरी

आफ़ाक़ अली की आँखों में कल सुबह की घटना ताज़ा हो आई। आज सुबह वॉक पर निकलने के लिए यदि वे शॉल न उठाते तो शायद कल की घटना याद न आती। कल सुबह वॉक से लौटते ही अपनी बेग़म से उन्होंने उस घटना के बारे में बताया था। बेग़म आँखें बन्द किए उस वक़्त तस्बीह घुमा रही थीं, बात सुनते ही उनके मुख से 'या अल्लाह रहम कर' निकला और तस्बीह को माथे से लगा वे रुआँसी हो आई।

आफ़ाक़ अली ज़ीनों से चढ़ते हुए धूप लेने के लिए छत पर आ बैठे थे। बेग़म साहिबा ने नातिन के हाथों एक गिलास चाय भिजवा दी थी और सुबह का अख़बार। आफाक़ अली चाय की चुस्कियाँ लेते हुए अख़बार उलटने-पलटने लगे थे। दिमाग़ में थोड़ी देर पहले घटी घटना थी जो रह-रह उन्हें परेशान कर रही थी। फिर पता नहीं क्या हुआ कि मंजूर के यहाँ रवाना हो गये थे। दिन भर वे बातों-गप्पों में खोए रहे थे और देर रात घर लौटे थे...

लेकिन आज सुबह वॉक पर जाने को हुए, शॉल उठाया तो कल की घटना आँखों में तैर गयी...

बात यों है कि आफाक़ अली रोज़ाना सुबह के वॉक पर जाते हैं। पुराने शहर के घर में यानी बड़े लड़के, हैदर के पास जब वे होते हैं तो कमला पार्क की तरफ़ जाते या बड़े तालाब की तरफ। कोलार रोड पर अपने छोटे लड़के, हबीब के यहाँ होते तो फारेस्ट विभाग के बग़ीचे में जाते। इन दिनों वे कोलार रोड पर हैं। फारेस्ट विभाग का बग़ीचा काफ़ी ख़ुबसूरत है। आफ़ाक़ अली टहलते क्या पेड़-पौधों को निहारते रहते और ख़ुदा की नेमत का तहे-दिल से शुक्रिया अदा करते।

सुबह जब वे उठे तो बेग़म साहिबा ने कहा, मियाँ सर्दी है, कहाँ भटकने जा रहे हो, सो रहो, कहीं गिर-गिरा पड़ोगे तो आफ़त हो जाएगी।

उन्होंने बेग़म को कोई जवाब न दिया, मन-ही-मन बोलते रहे, तू पड़ी रह, अपन तो टहलेंगे और रोज़ की बनिस्बत कुछ ज़्यादा ही।

और वे छड़ी खटखटाते कोलार के पुल पर आ खड़े हुए। यहाँ आकर उन्हें अच्छा लगता। मन को सुकून मिलता। कह सकते हैं कि यहाँ आकर उन्हें कमला पार्क के पुल की याद ताज़ा हो आती और वे अपने दोस्त-अहबाबों की याद में खो जाते। उन्हें थोड़ी देर के लिए लगता, फ़ज़ल के साथ खड़े हैं, जो काँधे पर गरम शाल डाले उनसे गप्प-गोई कर रहे हैं। सत्येन की याद आती जो घूमने के लिए ईदगाह से यहाँ आता था। वे सत्येन से शिकायत करते कि खाँ, तुम्हारे प्रेस में इतने बड़े मच्छर हैं कि कसम ख़ुदा की कि देख के डर लगता है। फ़ज़ल हँस के कहते—खाँ, तुम्हारे ज़िस्म में खून नहीं शराब है! मच्छर तुम्हें नहीं काटेंगे, निशाख़ातिर रहो...

आफ़ाक़ अली को फज़ल-सत्येन की आवाज साफ़ सुनाई पड़ रही थी और वे उसी में खोए थे कि किसी दूसरे की आवाज उसमें ख़लल बनी।

आँखें खोलीं तो देखा, हबीब का पड़ोसी देशमुख था जो कह रहा था, मियाँ आधे घंटे से यहीं खड़े हो, क्या टहलोगे नहीं?

आफ़ाक़ अली झूठ बोल गये—नईं खाँ, टहल आया! फारेस्टवालों का भला हो जिन्होंने हम जईफों के लिए ख़ूबसूरत जगह बना दी।

और वे बेवजह ठठाकर हँस पड़े।

आज पता नहीं क्यों वे फारेस्ट के बग़ीचे में टहलने नहीं गये। यहीं पुल पर खड़े रहे। जब देशमुख ने टोका तो वे कॉलोनी के पीछे की तरफ निकल गये।

आफ़ाक़ अली जहाँ खड़े हैं, वह कलियासोत नदी का किनारा है। कहने को वह कलियासोत नदी है, लेकिन पानी कहीं-कहीं पत्थरों के बीच गढ़े में दीखता है जो कपड़े धोने या शौच आदि के काम आता है।

नदी के किनारे सौ-डेढ़ सौ घरों की बस्ती है जिसे गन्दी बस्ती के नाम से पुकारा जाता है। घास-फूस, टीन-पत्तियों से ढँकी-मुँदी झुग्गियाँ। झुग्गियों के सामने हैंड पम्प लगा है जिसके गिर्द असंख्य डिब्बे-बर्तन रखे हैं लाइन से। पास ही लोग बैठे हैं पानी के चलने के इन्तज़ार में। पानी भरने का समय निर्धारित है। इसके पहले कोई पानी नहीं चला सकता।

नल के सामने जहाँ गढ़े में गन्दा पानी बदबू मारने लगा है, और एक-दो सूअर आराम से आधे डूबे बैठे हैं, उसी से लगी एक किराने की दुकान है। इस वक़्त यहाँ लोगों की भीड़ है जो तेल-आटा-नमक-रोज़ की ज़रूरत के सामान चीख़-चिल्लाहट के साथ ख़रीद रही है। नत्थू नाम का नाटा-सा, ऐंचा, थुलथुल दुकानदार भी चीख़ते-चिल्लाते हुए सबको सामान दे रहा है।

आफ़ाक़ अली छड़ी खटखटाते दुकान के पास से निकलते हुए नदी के मुहाने की तरफ आ गये जहाँ दो चार झुग्गियाँ थीं।

आफ़ाक़ अली एक पत्थर पर बैठना चाहते थे ताकि वे यहाँ से नदी का विस्तार

और झुग्गियों की हलचल को देख सकें।

वे पत्थर पर बैठे ही थे कि सामने की झुग्गी से डेढ़-एक साल का बच्चा घुटनुओं चलता उन तक आ गया।

बच्चा बनियान भर पहने था और कुछ नहीं। कड़ाके की सर्दी में यह बात परेशान करनेवाली थी। आफ़ाक़ अली सोचने लगे कि कैसे नालायक हैं उसके माँ-बाप कि कुछ पहना के नहीं रखा। कहीं सर्दी लग जाए तो...

बच्चा गोल-मटोल और निहायत ही सुन्दर था कि गोद में उठाकर खिलाने का जी करता था। आफ़ाक़ अली अपने को सँभाल न सके। उन्होंने छड़ी ज़मीन पर पटकी और बच्चे को गोद में लेने के लिए हाथ बढ़ाए कि झुग्गी से एक जवान औरत बच्चे का नाम 'कुन्नू' पुकारती दौड़ी आई। यह बच्चे की माँ थी।

यह औरत बड़े घेर का घाघरा पहने थी और उसके ऊपर ब्लाउज जो दूध से गीला दिख रहा था। बाल उसके बेतरह उलझे थे जिन्हें वह हाथों से ऐंचकर पीछे डोरी के सहारे बाँधी थी। वह जवान थी, बदन गदराया था। लेकिन चेहरे पर एक भय दीखता था जैसे किसी ने सताया हो।

आफ़ाक़ अली के बढ़े हाथ वहीं के वहीं रुक गये। छड़ी उठाकर वे खड़े हुए तब तक औरत बच्चे को कोरा में ले चुकी थी और बहुत ही मातृत्य-स्नेह से भरकर उसके गाल में अपना मुँह फिराने लगी थी।

आफ़ाक़ अली ने कहा—इतनी सर्दी है, बच्चे को कपड़े तो पहनाओ, कहीं सर्दी लग गयी तो...

उनके कहने पर औरत ने उनकी ओर सूनी आँखों से देखा जैसे कहना चाह रही हो कि कपड़े होते तो क्या मैं पहनाती नहीं!!!

यकायक आफ़ाक़ अली को अपने कहे पर शर्म लगी, लेकिन दूसरे ही क्षण उन्होंने होंठों में कुछ बुदबुदाते हुए जैसे शर्म से उबर गये हों—अपना शाल उतारा और उस औरत की तरफ बढ़ाया और बहुत ही स्नेह से भरकर बोले, बाई, लो, इसे रख लो! बच्चे को उढ़ा दो!

बाई ने नया, चमकता, एकदम उज्जर, गरम शाल देखा तो सहम गयी। कहीं पिछली बार की तरह घर में पुलिस न घुस आए और डंडे चमकाये कि ये कहाँ से चुरा लाई। पिछली दफ़ा घर में बीसों पुलिसवाले घुस आए थे पता नहीं क्या खोजते और नयी ख़रीदी कमीज़ के लिए आदमी को बीसों लट्ठ मारे थे कि तू इसे कहीं से पार करके लाया है...और थाने तक घसीट ले गये थे...फिर कहीं दुबारा ऐसी मुसीबत सिर पर न आ जाए...

आफ़ाक़ अली ने इसरार किया—ले लो बेटा, रख लो, तुम्हें नहीं, बच्चे को दे रहा हूँ, मुझे इसका दादा समझो! पोता है यह मेरा!

बेटा ने नज़रें नीची कर लीं। रोनी शक्ल बनाते हुए गीली आवाज में कहा—नईं साब, मैं नईं लूँगी। नईं लूँगी।

—क्यों, आख़िर क्यों?? आफ़ाक़ अली अवाक् थे।

—साब! चोरी लग जाएगी। बहुत ही मद्धम आवाज में वह बोली।

—चोरी क्यों लग जाएगी? मैं दे रहा हूँ आफ़ाक़ अली एडवोकेट? इसमें चोरी कैसी?

—नईं साब! चोरी लग जाएगी। भय से काँपती वह तेज़ क़दमों से चलती अपनी झुग्गी में घुस गयी।

आफ़ाक़ अली को काटो तो खून न था!!!

दूसरा

खंडेलवाल ने दरवाज़ा खोला तो सामने दीना जमादार था। देखते ही वह समझ गया कि फिर कुछ गड़बड़ है, तभी आया है ...

अभी तीन दिन पहले दीना आया था, तब खंडेलवाल किसी से फ़ोन पर बात करने में व्यस्त था। बाहर अशोक के पेड़ की छाँह में एक अद्धे पर बैठा दीना उसके बाहर निकलने के इन्तज़ार में कसमसा रहा था। वह दुबला पतला हड़ीला था। चेहरा काला था, चुचका हुआ लेकिन आँखें चमकदार और बाहर को निकली पड़ती लगती थीं। वह दरवाज़े की तरफ रह-रह देखता और बुदबुदाता जाता...मालक कुछ रहम हो जाए, बच्चे की जान का मामला है...

जब खंडेलवाल बाहर निकला, अद्धा छोड़ता वह उसकी ओर सपाटे से लपका और रोते हुए उसने उसके पाँव पकड़ लिये। उसने कहा कि उसका बारह साल का बेटा, मुकेश, बीमार है, दिक में है, मलेरिया हो गया है। डॉक्टर ने पर्ची लिखी है। अगर वह ज़रा भी लापरवाह होगा, बच्चा हाथ से जा सकता है...

दीना खंडेलवाल का पाँव पकड़े था और सिसकते हुए यह सब बके जा रहा था। खंडेलवाल उसे अपने से दूर करना चाह रहा था, लेकिन ऐसा कर नहीं पा रहा था क्योंकि ऐसा करने पर दीना को उसे छूना पड़ेगा और वह उसे छूना नहीं चाह रहा था। दरअसल दीना काफ़ी गन्दा था। कई दिनों की खिचड़ी दाढ़ी थी जो उसके काले झुर्रीदार चेहरे पर फैली हुई थी। मूँछें औसत से ज़्यादा बेतरतीब बढ़ी हुई थीं। सिर के बाल उलझे, अस्त-व्यस्त थे जो लटिया गये थे। एक गन्दी-सी बिना बटन की ढीली-ढाली कमीज़ पहने था जिसकी जेब में गन्दा हो चला काग़ज़ ठुँसा था। शायद यह डॉक्टर का पर्चा था। नीचे पायजामा था जिस पर पान और तेल के धब्बे थे। पैरों में प्लास्टिक के काले जूते थे जो एड़ियों पर दुचे हुए थे। कुल मिलाकर वह एक गन्दे कुत्ते की तरह लग रहा था जो दूर से बू छोड़ रहा था।

यकायक दीना गर्दन झुकाकर खड़ा हो गया। खंडेलवाल ने चैन की साँस ली और दीना को देखने लगा जो छाती पर दोनों हाथ बाँधे था। चेहरे पर रिरियाहट थी

जो मदद की गुहार-सी लगा रही थी।

खंडेलवाल ने पलटकर पत्नी की तरफ देखा जो खिड़की से चेहरा टिकाये खड़ी थी। पत्नी का चेहरा एकदम सूखा और चुचका हुआ था। आँखें अन्दर को धँसी। वह बहुत ही गुस्सैल औरत थी। बेवजह किसी से उलझ पड़ने में उसे महारत थी। दीना को देखते ही वह समझ गयी थी कि यह दुष्ट पैसे के लिए ही आया है। आँखें तरेरती जिसका मतलब था, मत दो कुछ हरामखोर को! झूठे बहाने कर रहा है हरामी! यकायक वह सुअरिया की तरह चीख़ के बोली—पैसे के लिए झूठ क्यों बोलता है रे! वह भी बच्चे के लिए!!!

दीना आसमान की तरफ हाथ उठाता, जोड़ता हुआ बोला—झूठ नहीं बोल रहा हूँ दीदी! बच्चा दिक में है, कई दिनों से पानी तक नहीं पिया, विश्वास न हो तो चल के देख लें...

—कौन जाएगा तेरे घर—वह दीवार पर ज़ोरों से थूकते हुए हिकारत से बोली—भगवान न करे, कभी ऐसा दिन आए कि तेरे घर जाना पड़े!!!

खंडेलवाल मोटे-मोटे होंठों में बुदबुदा रहा था कि क्या करे, पैसे दे या नहीं? दे भी तो कितने? क्योंकि इस पाजी से वापस मिलने की उम्मीद नहीं। फिर हो सकता है झूठ बोलकर पैसा ऐंठना चाहता हो, ताड़ी पिए और बच्चे की दवा न लाए...खंडेलवाल ने सोचा—भाड़ में जाए, जो भी करे पैसे का, अभी तो पिंड छुड़ाना ही है किसी तरह, नहीं साला घंटों रे-रे करेगा...यह सोचते हुए उसने पत्नी की टोह ली कि वह देख तो नहीं रही है, जब वह नहीं दिखी तो पीठ करके पहले उसने सौ का नोट निकला, फिर सोचा कि नहीं, पचास देना चाहिए, सो पचास का नोट निकाला लेकिन तत्काल दिमाग़ में आया कि मरने दो साले को, सौ दे दो, पचास देना ठीक नहीं होगा...

खंडेलवाल ने पत्नी से बचाकर चुपचाप दीना की तरफ नोट बढ़ाया तो उसने चील-सा झपट्टा मारा और नोट को माथे पर लगाते हुए कृतज्ञता ज्ञापित करता पलभर खड़ा रहा हाथ जोड़े फिर तेज़ी से चलता गली में खो गया था।

इस वक़्त दीना को देखते ही खंडेलवाल यकायक ग़ुस्से में आ गया। लेकिन जब दीना उसके पैरों पर लोट गया और ज़ोरों से रो पड़ा तो उसका ग़ुस्सा काफ़ूर था।

दीना कह रहा था कि बेटे की हालत बहुत ख़राब है, गिरह में एक पैसा नहीं, आप के सिवा किसका पाँव पकड़ूँ, दवा न मिलने पर बेटे की जान जा सकती है...

यकायक उसकी पत्नी पास आ खड़ी हुई जो तीखी आवाज में बोले जा रही थी कि इसे अब एक धेला न देना, हो गई, दानगीरी! ये भिखमंगा तो रोज़ सिर पर चढ़ा रहेगा। खंडेलवाल ने पहले पत्नी को प्यार से समझाया कि देख ऐसा न बोल,

जब वह नहीं मानी तो उसने पत्नी को बुरी तरह झिड़क दिया जिससे वह नाराज़ होकर अन्दर चली गयी।

खंडेलवाल की आँखें यकायक दीना से टकराईं जो रिरियाहट में खड़ा था। उसे गुस्सा आया, मन-ही-मन गन्दी गाली देते हुए उसने पूछा—तू इत्ते घरों में काम करता है, मैं ही अकेला हूँ जो मेरे दरवज्जे आया! औरों से भी तो माँग!

चेहरे पर दीनता प्रकट करता दीना बोला—हुजूर, आपमें और दूसरों में फरक है!

क्या फरक है?—मैं तिड़का।

वह बोला—हुजूर, जिस कुएँ में पानी होगा, आदमी वहीं जाएगा, सूखे में कोई भला क्यों जाने चला।

कैसे मान लिया कि दूसरे कुएँ सूखे हैं।

बहुत ही सरलता से वह बोला—हुजूर, यह भी कोई बताने की बात है, सब घरों से 20 रुपये महीना बँधा है, लेकिन हुजूर, किसी घर से कभी 20 नहीं मिले, कभी दस, कभी पन्द्रह, वह भी रो-झींख कर, कभी किसी ने एक कौर न दिया। ऊपर से ऐसे में हुजूर, क्या उम्मीद करें कि लोग मदद को खड़े होंगे।

अच्छा, सच-सच बतलाना—खंडेलवाल ने पूछा—तेरा बेटा बीमार है? कहीं ऐसा तो नहीं तू मुझे झूठे गच्चा दे रहा हो...

दीना ज़मीन छूता बोला—हुजूर, धरती मैया की कसम खाता हूँ जो तनक भी झूठ बोलूँ, बेटा बीमार है। डॉगदर कहता है, मलेरिया लीवर में चला गया है, दवा न ली तो दिमाग में चला जाएगा फिर किसी कीमत में जान बचनेवाली नहीं...

गुस्से के बावजूद खंडेलवाल ने पत्नी की आहट लेकर चुप्पे से पचास का नोट निकाला और उसकी ओर फेंककर मुँह फेर लिया।

लेकिन दीना था कि हाथ जोड़ता, सिर नवाता खंडेलवाल की सलामती की दुआ भगवान से माँग रहा था।

तीन-चार दिन ही बीते होंगे, एक दिन सुबह-सुबह दीना फिर खंडेलवाल के दरवाज़े पर खड़ा दिखा। इस बार उसके पीछे उसकी घरवाली थी जो पेट से थी। दिन चढ़े होने की वजह से वह ठीक से चल भी नहीं पा रही थी। डुगरती चली आ रही थी। लगता है, इस बार दीना उसे साथ इसलिए लाया ताकि खंडेलवाल पैसे देने से इनकार न कर सके।

दीना की घरवाली दीना के पीछे आ खड़ी हुई। वह नीचे ज़मीन की तरफ देख रही थी जिससे लगता था, कुछ बोलना चाहती हो लेकिन कहने से हिचक रही हो। दीना आँखें तरेर रहा था जैसे कह रहा हो तुझे हँकाकर इसलिए लाया कि तू साहब के

पैरों पर गिरे और पैसे माँगे लेकिन तू है कुत्ती मुझे उल्टे फँसा रही है। पैरों पर गिर नहीं, बो लात मारूँगा, झुग्गी में गिरेगी सीधे।

खंडेलवाल की पत्नी यकायक झाड़ू पर कूड़ा रखे निकली। अन्दर से ही उसने मामला ताड़ लिया था और दाँत पीस रही थी, इसीलिए कूड़ा फेंकने का नाटक किया। सामने दोनों को देखा तो आग हो गयी। जानती थी घरवाला उसकी सुनने वाला नहीं इसलिए तमकती हुई गली में कूड़ा फेंककर ज़ोर से दरवाज़ा ठेलती अन्दर चली गयी बड़बड़ाती हुई—लुटा दे घर मुझे क्या? तू जान और तेरा काम!

खंडेलवाल को पत्नी का यह रवैया ख़राब लगा। गहरी साँस छोड़कर उसने बात को टालते हुए दीना से सहजता से पूछा—कैसी तबियत है बेटे की?

दीना की आँखों में आँसू तैरते दिखे। रोने-रोने को हो आया। बोल नहीं फूटे। हाथ छाती पर जुड़े हुए थे।

यकायक गीली आवाज में उसकी घरवाली बोली—हुजूर, तबियत तो फिसलती दीखती है। जित्ते पैसे आपसे मिले उत्ते की दवा दे दी, अब दो दिन से दवा नहीं दी है, पैसे ही नहीं हैं! डागदर ने बोला था दवा में चूक न करना। हुजूर, बताओ क्या करें? वह रोने लगी।

खंडेलवाल ने चौखट पर बैठते हुए पूछा—डॉक्टर के पास कब गयी थी?

—मालिक, डागदर तो सीधे मूँ बात नहीं कर रहा है। उसने डॉक्टर को गन्दी सी गाली दी—भाड़ू को पहले पैसे चहिए कफ़न के, फिर बात करेगा।

खंडेलवाल बुरी तरह सिर खुजलाता जैसे किसी तरह उनसे बचना चाह रहा हो, बोला—भई, तुम्हें कित्ती बार पैसे दे चुके, अब मेरा पिंड छोड़ो, मेरे पास गिनी बोटियाँ, नपा शोरबा है, इत्ता थोड़े हैं कि खैरात बाँटते फिरें!!!

—मालक, इस बार दे दें, आगे से मूँ नहीं दिखाएँगे—दीना उसके पाँव पर सिर टिकाता बोला।

खंडेलवाल को रहम आ गया, उसने जेब में हाथ डाला कि पत्नी चीखी—मैं कहती हूँ पैसे न दे, मुझसे छिपाकर तुम पहले दे चुके हो। तुम मानते क्यों नहीं, ये हरामखोर, नीच लोग हैं, रोज ऐसे आ खड़े होंगे।

खंडेलवाल ने माथा सिकोड़ा—ये रांड़ तो और बम्बू किये है—ज़ोरों से तिड़ककर बोला—तुझसे कौन पूछता है, तू चुप रह, नहीं लातें लगाऊँगा।

—लगा लात, देखूँ तो तेरी लात! औरत चीख़ी।

खंडेलवाल की आँखों में आग थी—तू चुप क्यों नहीं लगाती, काहे बीच में झूमती है कमीन!

—बीच में क्यों न झूमूँ, घर-गृहस्थी तो हमें झीख-झीख के चलानी पड़ती है!

—तू ऐसे नहीं मानेगी—खंडेलवाल गुस्से में उठ खड़ा हुआ तो औरत रसोईघर में घुस गयी यह कहते—सही बात कहो तो मारने की धमकी देता है, नीच, कमीन, मुँहजला, हरामी...

खंडेलवाल भी गालियाँ देने लगा औरत को। इसी रौ में उसने जेब में हाथ डाला, दस-बीस के जितने भी नोट हाथ लगे दीना की तरफ ज़मीन पर फेंकता बोला—मुझे जो करना है करूँगा, तू बकबका रांड़ कहीं की... सहसा वह दीना से फाड़खाऊ अन्दाज़ में ज़ोरों से चीख़कर बोला—ले भाग, आगे से दिखा तो ख़ैर नहीं...

ज़मीन पर नोट हवा के बहाव से उड़ने को हुए कि दीना की घरवाली ने किसी तरह झुककर काँखते हुए नोट उठाए और खंडेलवाल की तरफ़ कृतज्ञता से हाथ जोड़े।

पत्नी की बात से आहत दोनों हाथों से सिर थामे खंडेलवाल आँखें मूँदे था, थोड़ी देर बाद जब उसने खोलीं, दोनों कूड़े का बदबूदार ढेर पार करते पहाड़िया पर चढ़ रहे थे जहाँ उनका झोपड़ा था।

तीन-चार दिन ही गुज़रे होंगे, खंडेलवाल रात को खाना खाकर बाहर टहल रहा था, उसकी घरवाली ड्योढ़ी पर बैठी पंखा झल रही थी और गरमी को बेतरह कोस रही थी कि पहाड़िया की तरफ ज़ोरों का शोर उठा जैसे कोई हादसा हो गया हो। ज़ोर-ज़ोर से रोने की आवाजें आ रही थीं।

खंडेलवाल के प्राण नहों में समा गये। जिस बात का भय था, वह अनहोनी हो गयी लगती थी। थोड़ी देर तक वह सूने रास्ते को देखता खड़ा रहा। दीना और उसकी घरवाली के लाचार चेहरे उसकी आँखों के आगे तैर गये।

विलाप का स्वर जब और तेज़ हो गया, तो खंडेलवाल पत्नी के लाख विरोध के बाद भी अपने को रोक नहीं पाया। सूने अँधेरे रास्ते पर विलाप की आवाज को पकड़ता वह पहाड़िया की ओर बढ़ा।

पहाड़िया पर बीसेक झुग्गियाँ थीं जो एक-दूसरे के कन्धों से कसी अर्धवृत्ताकार रूप में खड़ी थीं। जैसी जर्जर हालत झुग्गियों की थी, वैसी उनके रहवासियों की भी थी। सभी के तन पर फटे चीथड़े थे। झुग्गियों की तकरीबन ऐसी ही हालत थी। काली-नीली पन्नियाँ किसी तरह झुग्गियों को धूप-बारिश से बचाए हुए थीं।

झुग्गियों में ज़्यादातर जमादार, राजगीर, मज़दूर, रिक्शेवान, भटसुअर चलाने वाले ड्राइवर और क्लीनर रहते थे।

इस वक़्त झुग्गियों में अन्धेरा था। बिजली गोल थी। कुछ ही पलों में खंडेलवाल उस झुग्गी के पास किसी तरह सँभलता आ खड़ा हुआ जहाँ पिट्टस पड़ी

थी। यह दीना था जो ज़ोर-ज़ोर से छाती पीटता हुआ रो रहा था। अँधेरे के बावजूद खंडेलवाल दीना की आवाज पहचान रहा था। यह दीना की घरवाली थी जो पछाड़ें खा रही थी। पड़ोस के लोग उन्हें सँभालने में लगे थे।

ज़ाहिर था दीना का बेटा गुज़र गया था।

चारों तरफ घना अँधेरा फैला था। हाथ को हाथ न सूझता था जो रोने-पीटने की आवाज को और भी घना कर रहा था। आसमान में डुप-डुप तारे थे जो मृत्यु को अपनी उजास से दीप्त कर रहे थे। लगता था, वे अकेले मृत्यु के साक्षी और सौन्दर्यपारखी हैं।

जब एक कुत्ता खंडेलवाल के बग़ल में ज़ोरों से रोया, उसी वक़्त बेतरह रोता हुआ दीना खंडेलवाल के पास आया। घने अँधेरे में भी उसने खंडेलवाल को चीन्ह लिया था। रोते हुए वह खंडेलवाल से बोला—मालक, बेटा चला गया! —टीसते दर्द को यकायक छाती में घोंटता हुआ-सा वह पलभर को चुप हो गया। नीचे देखने लगा और कलक में गर्दन हिलाता रहा। रह-रह यह सोचते कि भगवान ने उसके साथ कैसी बेइन्साफी की है जिसे कभी भुलाया नहीं जा सकता!!! यकायक उसे लगा कि खंडेलवाल सिसक रहा है और उसके दुख में ग़मगीन है। कैसा भला आदमी है, सचमुच देवता, नहीं आज कोई किसी को पहचानता नहीं! यह बेचारा दुख पड़ते ही अँधेरे में भी उस तक चला आया।

खंडेलवाल को वह सान्त्वना देने के अन्दाज़ में बोला—आप दुखी न हों सरकार! कत्तई दुखी न हों मालक! हमारी क़िस्मत ही ख़राब है! —दीना खंडेलवाल की छाती पर हाथ फेरने लगा जैसे यह दुख सचमुच उसका अपना नहीं, खंडेलवाल का हो, वह आगे बोलता गया—आप मत रो मालक, मत रो! भगवान को बेटे का जीना मंजूर न था, इसलिए छीना। लेकिन मालक, भगवान ने एक छीना तो दूसरा कोख में दे दिया! सहसा वह ज़ोरों से हँसा—भगवान की लीला कित्ती अपरम्पार है! कोख का बच्चा आज-कल में जन जाएगा हुजूर, और हमारा दिल कहता है भगवान यह बच्चा अब हमसे कभी नहीं छीनेगा!!! कब्भी नहीं छीनेगा!!!

दीना के इस कथन पर एक क्षण को विलाप थम-सा गया।

खंडेलवाल चकित हो उसे देख रहा था।

कथरी

जगदीश को नींद नहीं आ रही है। वैसे झुग्गी में पड़ते ही सो जाता था, यहाँ लाला की चाय की दुकान में, ओढ़ने के लिए तीन बोरे, ढेर-सा पैरा, एक बूढ़ा कम्बल और सिर के ऊपर अन्तिम साँसें लेती भट्ठी की आँच है जिसे लाला उसके लिए लहकता छोड़ गये थे, बावजूद इसके नींद ग़ायब है...

आज सुबह ही वह लाला की चाय की दुकान में आया। आया क्या, लाया गया, बाप द्वारा।

भोर में बाप ने उसे बहुत ही प्यार से जगाया, बोला—जग्गी, उठ, जल्दी उठ, आज से तुझे लाला के यहाँ काम करना है, वहीं रहना है, खाना-पीना है, मैं कल लाला से बात कर आया हूँ...

जगदीश उठ बैठा किन्तु उनींदा बना रहा। इस बीच बाप ने अंजुरी में पानी लाकर उसके मुँह पर मल दिया और बोला—देर मत कर बेटा, जल्दी रोटी खा ले और चल...

पानी से जगदीश चिहुँक-सा उठा और गहरी साँस लेता बाप को भौंचक-सा देखने लगा। उसकी नींद जाती रही, लेकिन हैरत में था कि बाप इतनी जल्दी उठ क्यों गया और आज वह इतने प्यार में क्यों है? बात क्या है? और ये लाला और दुकान क्या है?

जगदीश जब यह सोच रहा था, तभी बाप की झुग्गी के बाहर, दातून करते, आवाज आई—जग्गी बेटा, अब तू आदमी बन जाएगा, देख लेना! लाला तुझे खाना देगा, कपड़ा देगा और पैसा! लाला की दुकान के क्या कहने...

जगदीश ने बाप को इतना खुश-मगन कभी न देखा और न इस तरह प्यार की बात करते हुए; कहीं कुछ गड़बड़ तो नहीं...

जगदीश का बाप, यानी मंगल कबाड़ी था। कबाड़ के काम के लिए उसे ठेला लेकर मुँह टेढ़ा करके कड़क हाँक लगाने की कभी ज़रूरत नहीं पड़ी। अपनी झुग्गी में ही

उसने तराजू टाँग रखा था और आस-पास के सारे कबाड़ी उसके यहाँ अख़बार; बीयर-शराब की बोतलें और ढेर-सा अगड़म-बगड़म कबाड़ बेच जाते। मुँह में पान के बीड़े ठूँसे और उँगली में चूना फँसाए वह दिनभर सामान तौलता और उनका हिसाब करता रहता। हफ्ते में एक दिन वह ठेले में सामान लादता और शहर के बड़े कबाड़खाने में बेच आता।

यह उसका वर्षों का बँधा-बँधाया काम था जिसमें कभी कोई तब्दीली नहीं आई।

लेकिन उसके काम में तब्दीली आई जब उसकी शादी हुई और उसने कबाड़ क्या, कोई भी धन्धा हाथ नहीं लगाया।

बात यों हुई कि जब उसकी शादी हुई तो उसने सोचा कि वह काम क्यों करे! काम तो उसकी घरवाली को करना चाहिए, जैसे कि झुग्गी की ज़्यादातर औरतें करती हैं और आदमी ताड़ी पीते हैं और घर में पड़े आराम करते हैं...

बस उसने इस सोच का अनुसरण किया और ताड़ी में डूब गया।

कबाड़ के धन्धे में जितनी रक़म उसने जोड़ी थी, उसमें ख़ूब ऐश किया। दोनों वक़्त ख़ूब मछली-मुर्गे उड़ाये और छक के ताड़ी पी।

लेकिन जैसे-जैसे रक़म ख़त्म होती गयी—ऐश थमता गया और धीरे-धीरे एक दिन ऐसा आया जब खाने के लाले पड़ गये और झुग्गी में बजते कनस्तर के अलावा कुछ न था।

नवब्याहता दुखी थी और उदास; लेकिन करती क्या! आदमी को ठेल-ठेल के हार गयी, वह धन्धे के लिए किसी भी तरह से तैयार न हुआ! हाँ-ना के लिए भी न मिनकता सिर्फ़ टुकुर-टुकुर सूनी निगाह से ताकता रहता!

कबाड़ का बँधा-बँधाया धन्धा वह करना चाहती थी, लेकिन घर से बाहर कबाड़खाने जाने की वह हिम्मत नहीं जुटा पा रही थी। आख़िर में उसने दौड़-धूपकर कॉलोनी के कुछ घरों में चौका-बासन करने, कपड़े धोने और रोटी पकाने का काम फँसा लिया।

जिस दिन वह काम पर गयी, मंगल अपनी जीत पर भारी ख़ुश था।

तकरीबन दस वर्षों से वह चौका-बासन करने, कपड़े धोने और रोटी पकाने का काम करती आ रही है और मंगल कोई काम-धन्धा नहीं करता, सिवाय ताड़ी पीने, लड़ने-झगड़ने, धुत्त पड़े रहने के। शाम को जब सूरज अस्त हो रहा होता, वह झुग्गी से निकलता। निकलने से पहले वह घरवाली से ताड़ी के पैसे के लिए झगड़ता। पहले दोनों में ज़बानी लड़ाई होती फिर जिस्मानी। दोनों एक-दूसरे को मारते-पीटते। आख़िर में जीत मंगल की होती और वह पैसे झटक के गालियाँ बकता हुआ झुग्गी से निकलता।

उस शाम जब वह मार-पिटाई के बाद पैसे झटक के ताड़ी की खोली में घुसा और ताड़ी का गिलास थाम रहा था, तभी उसे एक बात सूझी। बात यों थी कि ताड़ी का गिलास थमानेवाला लड़का जगदीश की उमर का ही था और शक्ल-सूरत में हू-ब-हू जगदीश जैसा ही था। पहले उसे भ्रम हुआ कि वह जग्गी है, लेकिन जब उसने बात की तो वह जग्गी न था उमर था! तभी उसके दिमाग़ में आया कि क्यों न वह जग्गी को काम में फँसाए? जब यह लड़का काम कर सकता है तो जग्गी भला क्यों नहीं कर सकता? यह भी तो सात-एक साल का होगा... फिर जग्गी के काम करने से उसे रक़म मिलेगी और वह रक़म उसके ताड़ी के काम आएगी... सोचकर मंगल यकायक ज़ोरों से चिहुँक उठा जिससे आस-पास के नशैले उसे मुस्कराते हुए ग़ौर से देखने लगे। कुछ झूमते हुए पूछ पड़े कि क्यों बे, आज पीते ही भेजा घूम गया?

ख़ैर! मंगल उस वक़्त ख़ूब चीखा ज़ोर-ज़ोर से और खुशी के मारे नाचने लगा। उसी वक़्त उसके दिमाग़ में बस-अड्डे के लाला का ख़्याल आया जो चाय बेचते थे और उसके काफ़ी क़रीबी थे। वह जग्गी को लाला के यहाँ रखना चाहता था।

वह लाला के पास दौड़ा-दौड़ा गया।

और लाला ने उसकी बात मान ली थी।

मंगल ने उस रात बस्ती में भारी हंगामा मचाया। बस्ती के एक-एक लोगों को जो अपने आप को तुर्रम खाँ मानते थे, चीख़-चीख़ के गालियाँ दीं और सबको मज़ा चखाने की धमकी दी; लेकिन मुँह-अँधेरे जब उसकी नींद खुली, वह बहुत ही ख़ुश था और एकदम सामान्य। उसी ख़ुशी के हवाले, उसने जग्गी को उठाने के लिए प्यार से आवाजें दीं...

जब जग्गी बाप के साथ चलता हुआ लाला की चाय की दुकान पर पहुँचा तो बात समझ में आई कि उसे धन्धे में फँसाने के लिए बाप जगा रहा था प्यार से!

लाला ने उसे देखते ही भाँप लिया कि लड़का चुस्त-दुरुस्त है और काम का। पगार वग़ैरह तय करने के बाद उन्होंने उसे काम समझा दिया था।

वह काम में लग गया था।

मंगल लाला की दुकान पर ताड़ी के लिए कुछ नगदी पाने के लिए लालच में काफ़ी देर तक बैठा रहा जबकि लाला नगदी देने से बच रहे थे और उसके बदले में उसे तीन-चार गिलास चाय और समोसे पेश कर चुके थे। लाला ने जब देखा कि मंगल बिना कुछ लिये उठनेवाला नहीं तो उन्होंने बीस रुपये देकर उससे पिंड छुड़ाया।

नगदी लेके बाप सीधे ताड़ी पीने गया होगा। जगदीश मन-ही-मन बुदबुदाया

और करवट बदलने लगा, ताड़ी के बाद वह बस्ती में पहुँचा होगा और नशे में चीखा-चिल्लाया होगा। बस्ती के लोगों को गन्दी-गन्दी गालियाँ दी होंगी। बस्ती के लोग उसकी क्यों सुनने लगे, वे भी झुग्गी से निकल पड़े होंगे और जवाबी हमला कर रहे होंगे चीख-चीख के, किचकिचा-किचकिचा के! भाड़ में जाएँ सब...अपने लाला कितने अच्छे आदमी हैं, बोरे में दुबककर वह लाला की शक्ल-सूरत का ख़्याल करने लगा।

लाला बड़ी तोंद के मालिक हैं। सर्दी में भी वे बनियान नहीं पहनते। सिर्फ लुंगी बाँधते। बनियान वे कन्धे पर रखते। कन्धे पर बनियान रखे, अधबुझी बीड़ी का टोंटा होंठों के कोर में दाबे वे भट्ठी पर औंट रही चाय में खोए रहते, अपने से पता नहीं क्या बतियाते हुए।

बाप के जाने के बाद उन्होंने उससे प्यार से कहा था, जगिया, तू यहाँ आराम से रह! तू नौकर नहीं, मेरे बेटे जैसा है। कहकर उन्होंने अमृतदान से एक केक निकाला और उस पर मलाई डाली और ज़रा-सी शक्कर और उसे खाने को दी थी—ले खा, बता कैसा है केक और मलाई...

केक और मलाई उसने ज़िन्दगी में पहली दफ़ा खाये थे। खाता हुआ वह रुआँसा हो आया, लाला ने उसे तोंद से चिपटा लिया था।

दिन भर जगदीश चाय के जूठे गिलास उठाने और उन्हें नाली में धोने और लाला के इशारे पर इधर-से-उधर दौड़ता रहा।

जब सूरज बैठ रहा था और उसकी लालिमा से वातावरण टेसू के फूल-सा दहक रहा था, लाला ने उसे चाय दी और डबलरोटी। छोटे से स्टूल पर बैठा वह देर तक चाय में डबलरोटी डुबो-डुबोकर खाता रहा और आस-पास के माहौल को कौतुक-भाव से निहारता रहा।

अन्धेरा होते-होते दूध ख़त्म हो गया, शम्भू आ गया, बर्तन मलनेवाला। शम्भू रोज़ इसी वक़्त आता और दूध के भगौने, केतली, गिलास वग़ैरह धोके जमा जाता।

शम्भू के बग़ल लाला कल के लिए कोयला फोड़ रहे थे और जगदीश के बारे में शम्भू से बता रहे थे कि ये गदेला (बच्चा) रख लिया है सज्ञान होने पर मदद करेगा काफी।

शम्भू मुस्कराता जगदीश को प्यार भरी नज़रों से देख रहा था और बर्तन मलता जा रहा था। काम पूरा होने पर जाते वक़्त उसने उसे मलाई की खुरचन दी जो काफ़ी लज़ीज़ थी।

दस बजे के आस-पास बस-अड्डा जब पूरी तरह सूना हो गया, लाला ने जगदीश के लिए किक्कड़ सेंके और आलू का चोखा बनाया।

जब वह रोटी खा रहा था, लाला ने भट्ठी के नीचे उसका बिस्तर जमा दिया और कहने लगे यहाँ ठाठ से सोना। दुकान बढ़ाते हुए बनियान कन्धे पर जमाए, बीड़ी का बुझा टोंटा मुँह के कोर में खोंसे, डोलची टाँगे वे घर की ओर रवाना हो रहे थे और उसे हिदायत पर हिदायत दिए जा रहे थे।

लाला के जाते ही वह अपने बिस्तर में घुसा और लेटते ही गहरी नींद में सो गया। एक घंटा बीता होगा, उसकी नींद टूटी। उसे ज़ोरों की सर्दी लग रही थी। जो कुछ वह ओढ़े था, सर्दी से बचाव के लिए काफ़ी न था। पता नहीं कहाँ से एकदम सर्दी बढ़ गयी थी जबकि दिन में सर्दी नाम को न थी। वह उठ बैठा और भट्ठी पर झुका—भट्ठी पूरी तरह से सो गयी थी। उसने उसके अन्दर हाथ डाले और राख में देर तक उसके ताप को अपने अन्दर महसूस करने की नाकाम कोशिश की। लेकिन ताप की जगह उसे घुलती बर्फ़ का अहसास हुआ तो वह फिर बिस्तर में घुसा।

बिस्तर गीला-गीला लग रहा था जिससे गरमाहट की उम्मीद व्यर्थ थी। वह फिर उठ बैठा और आसमान की ओर देखने लगा जहाँ कोहरे के अलावा कुछ न था। लगता था बर्फ़ के गाले के अलावा हर तरफ कुछ शेष न हो।

लाला की चाय की दुकान के बग़ल हलवाई की दुकान थी। उसमें दो लड़के थे जो उम्र में उससे बड़े थे। दोपहर में काम की भाग-दौड़ के बीच उसने उन लड़कों को देखा था जो धारीदार जाँघिया पहने, नंगे पाँव, छाती तक बनियान खींचे भट्ठी धौंकने में लगे थे। उनमें से एक लड़का पीतल का गिलास लिये लाला से चाय लेने भी आया था। लड़का बहुत ही काला था। बाँह में ताबीज बाँधे था। आँखें खूब चमकती हुई थीं। एक क्षण के लिए उसकी उससे आँखें टकराई थीं कि वह चाय लेकर चलता बना था।

जगदीश ने सोचा—इस वक़्त वे दोनों कहाँ होंगे? मेरी ही तरह क्या वे भट्ठी के बगल सर्दी से काँप रहे होंगे या मज़े से सो रहे होंगे!

यकायक उसका मन हुआ कि उठे और उन्हें देखकर आए, फिर यह सोचकर कि कहीं वे उसे चोर-लबारी न समझें, गुहार मचाने और मारने न लगें... मन मारकर वह बोरे में पड़ा रहा।

सन्नाटे में दूर कहीं पेड़ों पर पंछियों की रह-रह बोलने की आवाज आती थी जैसे ठंड से वे भी बेहाल हों और बचाव के लिए गुहार लगा रहे हों।

सहसा उसे एक छाया दिखी जो उसकी ओर बढ़ी आ रही थी, धीरे-धीरे।

वह साँस रोके पड़ा रहा। छाया किसी और की न होकर पागल की थी। पागल लाला की दुकान के आगे बैठता था। वह एकदम नंगा था, सर्दी से बेतरह काँपता हुआ, मद्धिम आवाज में कुछ बके जा रहा था। भट्ठी के पास आकर वह

खड़ा हो गया।

यकायक जग्गी का मन हुआ कि वह उसे अपने पास लिटा ले और वे दोनों सर्दी से निजात पाएँ।

जब वह यह सोच रहा था, तभी उसे अपनी माँ का ख़्याल आया जिससे वह रोज़ाना लिपटकर सोता था। बाप का माँ से बिगाड़-सा था। तनिक न बनती। झुग्गी में बिछाने के नाम पर दो बोरे थे और ओढ़ने के नाम पर एक चादरा। वह और माँ एक-दूसरे की कथरी थे जिससे लिपटकर वे सर्दी को दूर भगा लिया करते थे। आज वे एक-दूसरे से दूर थे।

माँ के बारे में सोचते-सोचते यकायक उसकी आँखों में आँसू आ गये और वह डबडबाई आँखों सोचने लगा कि माँ भी मेरी तरह जाग रही होगी और सर्दिया रही होगी! काश! बाप का माँ से बिगाड़ न होता और आज उसकी जगह वह माँ के साथ होता तो कितना अच्छा होता! कम-से-कम माँ सर्दी तो नहीं खा रही होती! बिचारी माँ...

वह माँ को सर्दी से बचाने और नींद दिलाने के ख़्याल से झुग्गी की ओर बढ़ने को हुआ, उस वक़्त उजाला झड़ रहा था, बीड़ी का सुट्टा मारते, बाजू में डोलची टाँगे लाला दिखे जो कन्धे पर बनियान रखे सपाटे से दुकान की ओर बढ़े चले आ रहे थे।

उसके पाँव वहीं के वहीं जाम हो गये।

माई

यह कहानी पाँचोपीरन गाँव के एक महरा की है। पता नहीं क्यों पाँचोपीरन गाँव का नाम ज़बान पर आते ही महरा की याद हो आती है।

महरा यही कोई चार फुट का निहायत ही काला, उस पर चेचक का मारा था। चेचक ने उसकी एक आँख छीन ली थी, दूसरी आँख थी लेकिन ऐसी दिखती जैसे गन्दुमी काँच जमा दिया गया हो। नाक चपटी थी और भौंह और बरौनियाँ ग़ायब थीं। सिर पर वह हमेशा गमछा बाँधे रखता।

जैसे कि कहा गया है कि वह महरा है, पेट के लिए वह बस स्टैंड की दुकानों में पानी भरता है। सुबह से शाम तक वह, काँधे पर बहँगी टाँगे, पानी के कनस्तरों को हाथों से सम्हालता, 'बच के बाबू' की हाँक लगाता, नंगे पाँव बगटुट कुएँ से दुकानों के बीच, सरकता दीखता। बहँगी लचकती तो उसका शरीर आबनूस के लट्ठे-सा, पसीने से चमकता, उस लचक की लय के साथ ताल भिड़ाता। बिना बाँह की बनियान वह पहनता जिसे बत्ती की मानिन्द तहा के छाती पर चढ़ा लेता। चारखाने की ढीली-ढाली जाँघिया उसके घुटनों तक होती, लगता बरमुड्डा पहने हो।

प्रकृति में बदलाव सहज सम्भव है, लेकिन महरा के काम में कभी कोई बदलाव नहीं देखा गया। कैसी भी ठंड, तपिश और बारिश हो, वह कभी पीछे नहीं हटा। अपनी धज से उसने प्रकृति को हमेशा चुनौती दी।

लेकिन यही महरा आज उदास है और अपनी झोंपड़ी में ग़मगीन पड़ा, कोई काम नहीं कर रहा है। सिसकता है, रोता है।

महरा की उदासी की एक छोटी-सी कहानी है।

बात यह है कि महरा की अस्सी साल की बूढ़ी माँ थी। महरा माँ को बेहद चाहता था। उसकी चाहत का यह आलम था कि उसने उसकी ख़ातिर शादी नहीं की। उसका मानना था कि कहीं घरवाली माँ को ईजा न दे, तंग न करे। माँ को कोई तंग करे—उसके लिए यह मर-मिटने वाली बात थी। माँ ने हज़ारों बार उससे

अरदास की, विनती की कि वह शादी कर ले, पोतों को देखकर वह मरना चाहती है लेकिन उसने माँ की एक न मानी और कुँआरा ही रहा आया।

जिस लगन से वह काम करता, उसी लगन से माँ को चाहता भी था। माँ उसे सरवन कहकर पुकारती जबकि उसका नाम अच्छे था। माँ कहती- तू असली सरवन है, अवतार! भगवान सरवन तो माँ-बाप की सेवा से चूक गया था, तू उससे हज़ार क़दम बेसी है, आगे है, लाल!

सरवन माँ के लिए मौसम का सबसे मीठा फल लाकर देता। आम, अमरूद, जामुन, खरबूजा, तरबूज, पपीता, जंगल जलेबी को वह चख के और टो-टो के लाता।

माँ उसके इस प्यार में बावली थी और सरवन को गाँव भर में बखानती फिरती।

कोई ऐसा दिन न गया जब उसने माँ का सिर या हाथ-पैर न टीपा हो। उसकी धोती फीचना और खाना बनाना सामान्य काम थे।

अतिशय प्यार के चलते माँ ने एक दिन सरवन से दबे स्वर में आँचल फैलाकर कहा—सरवन, तूने जो मेरी सेवा की है, भगवान साक्षी है! बस जिनगी में एक ही इच्छा है, अगर उसे तू पूरा कर दे तो मैं आराम से मरूँगी।

सरवन ने भाव-विह्वल होते हुए कहा—माई, तू ऐसा क्यूँ बोलती है, तू क्या चाहती है? बोल तो सही। सरवन जान देकर भी तेरी इच्छा पूरी करेगा!

बूढ़ी बोली—बेटा, पचास साल पहले, तेरा बाप मुझे परयाग कुम्भ में स्नान के लिए ले गया था, तब मैंने गंगा मैया से तुझे माँगा था, और गंगा मैया ने तुझे हमें दिया। अब मैं तेरी सलामती की मन्नत माँगना चाहती हूँ ताकि मेरे बाद तू और भी फूले-फले।

—माई, इसकी क्या ज़रूरत है? मुझे तो सिरफ तेरा आशीर्वाद चाहिए। किसी और के आशीर्वाद की ज़रूरत ही नहीं मुझे!!!

—बेटा, ऐसा न बोल! भगवान के आगे हम सब मट्टी-कूड़ा हैं लाल! लेकिन बेटा, मैंने गंगा मैया को कौल दिया था कि पचास साल बाद पड़नेवाले कुम्भ में, मैं बेटे को लेकर ज़रूर आऊँगी! मैं दरसन के लिए जाना चाहती हूँ। तू नहीं ले चलेगा क्या?

—क्यूँ नहीं ले चलूँगा, तेरी ख़ातिर तो मैं कुछ भी कर डालूँ—सरवन ने प्यार में भरकर माँ को गले लगा लिया—ऐसे कैसे मान लिया कि मैं नहकार दूँगा।

फिर क्या था, अगले हफ़्ते, जब पूरा गाँव कोहरे में डूबा था, कड़ाके की सर्दी थी, सरवन, मुँहअँधेरे माँ के साथ प्रयाग कुम्भ स्नान के लिए निकला।

सबसे बड़ी बात यह थी कि जिस तरह भारी भीड़ के बीच सरवन का बाप

उसे रेलगाड़ी के डिब्बे के ऊपर बैठा के ले गया था, इस वक़्त उसका बेटा उसे उसी तरह बैठा के ले जा रहा था। उस वक़्त वह मरद का हाथ पकड़े थी, आज बेटे का। मरद गबरू जवान था। सिर पर लाल गमछा कसे था और कमर में मज़बूत फेंटा। पाँव में चमरौधा था, हाथ में तेल पिया लट्ठ! सरवन भी तकरीबन उसी धज में था। पता नहीं क्यों बूढ़ी को लगा कि वह सरवन के साथ नहीं, मरद के साथ स्नान के लिए जा रही है!

सूरज जब मीठी और अलसाई धूप फेंक रहा था, उस वक़्त रेलगाड़ी भारी शोर के बीच घड़घड़ाती हुई प्रयाग का विशाल पुल पार कर रही थी, थोड़ी देर बाद भारी जन सैलाब के बीच बूढ़ी ने गंगा मैया के दर्शन किए और सरवन के साथ कमर तक डूबे जल में सूरज भगवान को अर्घ्य दे रही थी...

आस-पास लाखों-करोड़ों की तादाद में लोगों का समुद्र लहरा रहा था। रेलवे स्टेशन से संगम तक दोनों कैसे पहुँचे—यह पता न चला। बस वे चलते गये और भारी भीड़ ने धक्कों के सहारे उन्हें गन्तव्य तक ला पटका। बूढ़ी को लग रहा था कि यहीं पिस के परान न निकल जाएँ।

एक पल में वह संगम पर जिन लोगों को देख पाई वे बूढ़े-जवान, औरत-मर्द, चड्डी-जाँघिया-धोती लपेटे पानी में छिपाके लगा रहे थे। नग्न-अर्धनग्न साधु-संन्यासियों का अन्तहीन जत्था हाथियों पर सवार और पैदल अपने-अपने भगवानों-त्रिशूलों और बड़े-बड़े झंडों के साथ जय-जयकारों में डूबा था। कहीं शंख बज रहे तो कहीं घड़ियाल, ड्रम, तासे और ढोल। सारा जनसमूह तालियाँ बजाता भगवान के जयकारे में मगन आँधी की तरह भागा चला जाता था। पुलिस का कड़ा इन्तज़ाम था और उसकी निगरानी में स्नान चल रहा था। सैकड़ों लाउड-स्पीकर क्या चीख रहे थे—शोर-गुल में कुछ समझ न आता था।

अर्घ्य के बाद जब बूढ़ी और सरवन ने आँखें खोलीं, बस यहीं, इसी क्षण अनर्थ हुआ था।

सरवन को याद है जब माँ अपनी सूखी हँड़ीली अंजुरी जोड़े सूरज भगवान के सामने सिर झुका रही थी, उस वक़्त वह भी माँ के बग़ल खड़ा था, सूरज भगवान को आँखें बन्द कर जल चढ़ा रहा था कि ज़ोरों का शोर हुआ। इतनी ज़ोरों का शोर कि कान के परदे फट जाएँ कि बस उसे कुछ पता नहीं कि आगे क्या हुआ। वह संगम किनारे रेत पर पड़ा था, बेहोश! बेहोशी टूटी तो देखा वह अकेला है, माँ कहीं नहीं! चारों तरफ लाश ही लाश, उसमें भी कहीं नहीं! लोग चीख-चिल्ला, रो-पीट रहे थे। अपने-अपने स्वजन के लिए हैरान-परेशान थे। वह भी माई-माई की ज़ोरदार आवाज लगाने लगा।

माई उससे बिछुड़ गयी थी और वह बिना एक पल रुके, चीखता-चिल्लाता,

रोता, छाती पीटता माँ को खोज रहा था। तीन-चार दिन में ऐसी कोई जगह न थी जहाँ वह गया न हो; लेकिन बेकार। माँ उससे बिछुड़ी तो बिछुड़ ही गयी।

एक हफ़्ते बाद वह बेचारा रोता-पीटता गाँव लौटा तो गाँव के लोगों ने सान्त्वना में उसे घेर लिया। किसी ने उसे रोटी दी तो किसी ने पानी।

लेकिन सरवन को रोटी-पानी नहीं, माई चाहिए थी।

दो-तीन दिन तक वह बेजान-सा निढाल पड़ा माई-माई कर सिसकता रहा।

चौथे दिन सवेरे जब वह पल भर को झपका, उसकी नींद उचट गयी, उसे जांत चलने की आवाज सुनाई पड़ी। उसे लगा, माई है जो जांत चला रही है! वह झटपट उठ बैठा, बाहर की तरफ दौड़ा, देखा तो कहीं माई न थी। सत्तू घोसी था जो दूध दुहता हुआ अपनी घरवाली से कह रहा था कि माई अब कहाँ मिलनेवाली है, गंगा मैया ने उसकी सुन ली, तभी तो वह असनान को गयी थी...

—हम भी तो यही कहते हैं, लेकिन सरवन माने तो सही, पागलों की घाईं हरकत करता है...सत्तू की घरवाली गोबर काँछते हुए बोली—हम तो कहते हैं, वह सरग गयी...इसका ग़म नहीं, ख़ुशी होनी चाहिए।

सरवन दोनों की बातों पर बुरा-सा मुँह बनाता, सुग्गे के पास आया और सुग्गे से पूछा—माई कहाँ है परवत्ते?

सुग्गा पिंजरे का चक्कर लगाता—माई-माई की तीखी टेर लगाने लगा जैसे वह उसके ग़म में ख़ुद दुखी हो। जब सरवन ने झुककर उससे फिर प्यार से पूछा तो सुग्गा तीखी टेर मारने लगा जैसे कह रहा हो—माई तेरी नहीं, मेरी भी थी। अब रोने की नहीं, उसे खोजने की ज़रूरत है! जा खोज तो सही। माई मिलेगी, ज़रूर मिलेगी, पक्के में।

चौथे दिन सरवन माई की खोज के लिए प्रयाग रवाना हुआ, लौटा तो पूर्व की तरह अकेला था, माई उसे नहीं मिली थी।

माई की खोज में वह दस बार प्रयाग गया होगा लेकिन हर बार वह निराश ही रहा, बावजूद इसके हर बार उसे लगा, माई मिलेगी, ज़रूर मिलेगी।

इस बार वह फिर माई की खोज में जा रहा है, उसने तै कर लिया है कि अगर इस बार माई न मिली तो वह गंगा की गोद में समा जाएगा, लौटेगा तो माई के साथ, नहीं, डूब मरेगा!!!

सत्तू और मुहल्ले के लोगों ने उसे लाख समझाया, लेकिन उसने एक की न सुनी और अपनी बात दोहराता रहा। और माई-माई कर रोता रहा। जाते जाते उसने हर बार की तरह सुग्गा सत्तू को नहीं दिया। उड़ा देना चाहा। सुग्गा फड़फड़ा के उड़ा और टांय-टांय करता हुआ झोंपड़ी के ऊपर जा बैठा जैसे कह रहा हो कि मैं कहीं जानेवाला नहीं। मुझे भी माई का इन्तज़ार है!

पूरनमासी के दूसरे दिन अल-सुबह भी जब चाँद चारों तरफ दूधिया शीतल नम चाँदनी बिखेर रहा था, सरवन किसी बूढ़ी के साथ गाँव में दाख़िल हुआ—उस वक़्त बेतरह ख़ुश और उसके आवेग में रोता हुआ वह लोगों को गला फाड़-फाड़कर पुकार रहा था कि देख, माई मिल गयी, देख, माई मिल गयी!!! सत्तू, अँजोरे, उदैया! देख तो, माई मिल गयी!!!

पल भर में समूचा गाँव उसके पास इकट्ठा हो गया।

सरवन जो सामने आता दीखता, चिल्लाता उसकी तरफ लपकता और रोता कहता—देख माई आ गयी! मैं कहता था न कि माई मिलेगी, देख, मिल गयी! और कैसे न मिलती। सरवन कभी माई के बिना रह सकता है! कभी नहीं, कभी नहीं। देख, माई थोड़े से दिन में कैसी हो गयी, करिया, दूबर-दूबर! हाड़ निकल आए! बिचारी को नाकिसों ने रोटी-जल भी न दिया, लेकिन माई, तू फिकर मत कर! तेरा यह लाल ऐसी सेवा करेगा कि दुनिया रसक करेगी...

थोड़ी देर बाद सरवन माई को दूध में रोटी मीड़ के अपने हाथों से खिला रहा था।

गाँव के लोग इस बात से दंग थे कि सरवन को कहीं कुछ हो तो नहीं गया! पता नहीं किस बुढ़िया को माई समझ के ले आया और माई-माई कर रहा है! और ताल-बेताल बके जा रहा है।

लेकिन किसी ने इस रहस्य को सरवन के सामने नहीं खोला।

ओट

बाहर की साफ़-सफ़ाई के लिए नया जमादार मिल गया।

पहले जो जमादार था, बहुत ही गड़बड़ था। हर वक़्त दारू चढ़ाए रहता और काम पर भी रोज़ नहीं आता था। एक दिन आता, चार दिन ग़ायब। ऊपर से हर दिन पैसे की माँग। तंग आ गया था मैं उससे। मुझे बाहर की सफ़ाई तो करनी ही पड़ती, कचरा अलग उठाकर ले जाना पड़ता। यह अच्छा हुआ, उसने ख़ुद ही आना छोड़ दिया।

नया जमादार ढंग का लग रहा है। कोई ऐब नहीं दिख रहा है उसमें, सिवाय खैनी-सुर्ती के। लगता है, ढंग से काम करेगा।

सुबह जब वह काम पर आया तो उसके साथ उसकी घरवाली भी थी। उसकी घरवाली थी तो गहरे काले रंग की, मगर नाक-नक़्श उसके तीखे और ध्यान खींचते थे। साफ़-धुले कपड़े और ढंग से की गयी चोटी। लम्बी माँग में माथे पर सूत भर सिन्दूर। छोटी लाल बिन्दी और नाक में चमकती लौंग। अपनी धज में वह जमादारिन नहीं लग रही थी।

काम के दौरान राजू एक तरफ बैठ गया, उकडूँ। कमीज़ की जेब से उसने खैनी निकाली, उस पर चूना डाला और देर तक मलने-पीटने के बाद दाँतों के आगे दाब ली। थोड़ी देर तक खैनी के रस को चुभलाने और उसके मीठे सुरूर में तैरने के बाद, उसने आसमान की ओर देखा, मानो फ़िल्मी गीत गाने के मूड में हो। जिसकी एक दो कड़ी उसने कंठ में गुनगुनाई भी, लेकिन पता नहीं क्या सोचकर वह मुस्कराया। उसने पत्नी की ओर देखा।

उसकी घरवाली धोती को फेंटे की तरह अच्छे से कसकर सींकोंवाली झाड़ू का तार ठीक करने में लगी थी जो ढीला होकर हाथ में चुभ रहा था।

तार कसकर वह झाड़ू लगाने लगी। छोटा-सा चबूतरा था और तकरीबन उतना ही बड़ा बग़ीचा जिसमें अशोक के दो चार पेड़ थे और विशालकाय बोगनबेलिया जो ऊपर फैलकर छत पर चली गयी थी।

जब राजू मुस्कराया, ठीक उसी वक़्त उसकी घरवाली ने उसे देखा और यूँ ही पूछा कि वह मुस्करा क्यों रहा है?

राजू ने मुस्कराने का कारण नहीं बताया और कंठ में अन्दर-ही-अन्दर फ़िल्मी गीत की कड़ी गुनगुना उठा जिसमें नायिका अपने प्रेमी को परदेश जाने से दुखी स्वर में रोक रही है।

राजू की घरवाली से भी नहीं रहा गया और वह भी एक नये फिल्मी गाने की कड़ी गुनगुनाने लगी जिसमें प्रेमी अपनी माशूका को नज़र से कभी दूर न होने की अरदास करता है।

गाने-गाने में सफ़ाई हो गयी। झाड़ू पटककर राजू की घरवाली एक तरफ बैठ गयी और पसीना पोंछने लग गयी धोती के पल्लू से। राजू ने उठकर कनस्तर में कचरा भरा और मेरी ओर देखा जैसे एहसास दिला रहा हो कि कितना कचरा, कितनी गन्दगी थी! सब साफ़ हो गयी! लोग समझते हैं, सफाई का काम सहल है, लेकिन बड़ी मेहनत का काम है, पसीने आ जाते हैं और धज बिगड़ जाती है। मेरी घरवाली को देखो, साफ़ सुथरी आई थी, गर्द से छिब गयी है।

मैं मुस्कराया। वह सख़्त बना रहा।

मैंने बीस का नोट निकला। वह मुस्करा उठा, और मेरी ओर दौड़ता हुआ-सा बढ़ा। नोट लेकर उसने माथे से लगाया और मेरे पाँवों की तरफ झुक गया। मेरी बढ़ती की कामना की उसने।

सुबह आठ के आस-पास दोनों का बँधा-बँधाया समय था, आने का। दोनों आते। आते ही राजू एक तरफ बैठ जाता, खैनी मलता-पीटता, मुँह में रखता और उसके रस में दीवाना हो, तरह-तरह के दर्दीले गीत और कुछेक की सिर्फ कड़ियाँ गुनगुनाता कई-कई बार कि माहौल ग़मगीन हो जाता।

उसकी घरवाली झाड़ू लगाते-लगाते रुक जाती और उसका कंठ अवरुद्ध हो जाता, वह रोने-रोने को हो आती।

इसी तरह दिन बीत रहे थे कि राजू को एक बड़े काम्प्लेक्स में काम मिल गया। मैं डरा कि अब यह गया हाथ से! ज़ाहिर था कि कहाँ दो-चार घर और कहाँ पूरा काम्प्लेक्स! लेकिन मेरा डर निर्मूल साबित हुआ जब उसने घरवाली को वहाँ जमा दिया और खुद यहाँ अकेले आने लगा।

पहले दिन उसने इतने सलीके और लगन से काम किया जिसका मुझे भरोसा न था। मैं इस सोच में था कि बीवी से काम करानेवाला यह दुष्ट ढंग से क्या काम करेगा। लेकिन जब उसने काम किया तो मैं दंग था! उसने इतने अच्छे से सफ़ाई की कि उसकी घरवाली की भी सफाई पीछे छूट गयी थी।

राजू को मैंने उस रोज़ दस का नोट दिया चाय के लिए जिसे वह लेने से मना करता रहा, आख़िर में उसने ले लिया।

राजू दुबला-पतला है, मरा-मराया सा। लगता है टी.बी. होगी; लेकिन उसे टी.बी. न थी। उसकी काठी ही ऐसी थी। वह तकरीबन तीस-एक साल का होगा, मगर पैंतालीस-पचास का आभास देता। सिर के बाल उसके खिचड़ी थे और ऐसे उलझे-लटियाये जैसे उनमें कभी पानी की बूँद न पड़ी हो। आँखें पीली-पीली बिल्ली की याद दिलातीं जो बाहर को निकली-सी पड़ती लगतीं। काले चुचके चेहरे पर दाढ़ी-मूँछें इतनी सघन थीं कि लगता बारीक़ जाली कसी हो। वह काफ़ी लम्बा था-तक़रीबन छे फुट का, थोड़ा-सा आगे को झुका। झुकाव की वजह से महसूस होता उसकी कमर में तकलीफ़ है। क्योंकि काम करते वक्त वह बायाँ हाथ कमर पर रख लेता और चेहरे पर ऐसी पीड़ा दिखती, मानो कराहनेवाला है। हाथ उसके लम्बे-लम्बे बन्दरों जैसे थे, काले गझिन बालों से भरे।

पाँच-छे महीने वह रोज़ाना बिना नागे के, निश्चित समय पर आया। और बहुत ही तरीक़े से काम किया। फिर पता नहीं क्या हुआ कि गोल मारने लगा। एक दिन आता, दो दिन ग़ायब। दो दिन आता पाँच दिन फ़रार। चेहरे पर चिन्ता की सतरें चढ़ती-उतरती दिखतीं। गीत की कड़ियाँ जो डूब के दर्दीले स्वर में गुनगुनाता था—उसके पपड़ाये होठों पर दफ़न हो गयीं। मैंने कई बार घेरकर उससे हाल जानना चाहा, लेकिन उसने कोई जवाब नहीं दिया। चुप्पी साधे रहा।

साफ़-सफ़ाई का अब पहले जैसा हाल था—गन्दगी, कचरा और बड़बड़ाता-गुस्साता मैं। किसी से कह सकने को लाचार।

एक सुबह जब मैं खुद सफ़ाई कर रहा था, वह आया। मैं जलकर ख़ाक़ हो गया। अन्दर-ही-अन्दर चुन-चुन के गालियाँ देने लगा कि कोई भी भला मानुस सुने तो तौबा कर ले।

वह झाड़ू लगाने के लिए बढ़ा कि मैंने तड़पकर कहा—रोज़ क्यों नहीं आता? कहाँ चला जाता है?

कमर झुकाए, उस पर बायाँ हाथ रखे जैसे तकलीफ़ में हो, रूखेपन से वह बोला—साब, पैसे बढ़ाइये, पचास में काम नईं हो पावेगा!

उसका लहजा मुझे ख़राब लगा। आदमी काम करे, फिर पैसे की माँग करे तब बात समझ में आती है—ढंग से काम नहीं, फिर पैसा काहे का! फिर भी ज़ब्त करता मैं बोला—पैसे बढ़ जाएँगे, पहले रोज़ तो आ।

वह बोला—रोज़ आऊँगा, आप पैसे बढ़ाइए।

—साठ रुपये कम हैं, ज़रा से कम के? मैं अकड़ा।

—ज़रा सा काम है तो आप कर लो। वह तिड़ककर बोला, लेकिन तुरन्त ही अपने को सँभाल के विनीत स्वर में बोलने लगा—हुजूर, काम ज़रा-सा हो या बड़ा सा, आना तो पड़ता है, फिर साठ-सत्तर रुपये में आज भला होता क्या है! मैं सीवर और दस घरों के काम से हज़ार कमाता हूँ, घरैतिन भी इतना खैंचती है, लेकिन कुछ बचता नहीं, सब उड़ जाता है। क्या करूँ साब, कुछ समझ में नईं आता! कहते-कहते वह नोंचता हुआ-सा अपनी दाढ़ी खुजाने लगा।

दो हज़ार तुझे कम पड़ते हैं, जबकि बिजली-पानी और जगह सब मुफ़्त! मैं बोला तो उसका जबाव था—हुजूर, बिटिया बीमार है, जो पैसे हाथ में आते हैं, इलाज में फुँक जाते हैं...

क्या हुआ है उसे? मैं नरम पड़ा—तूने तो कभी जिकर भी नहीं किया उसका!

क्या करता जिकर करके हुजूर! वह चुप हो गया, फिर सिर झटककर आगे बोला—समझ नईं आता हुजूर, दोनों पैर उसके सुन्न हैं, अब सारा जिस्म भी सुन्न होता जा रहा है। वह रोटी भी नईं खा पाती... कहते-कहते वह फूट-फूट कर रोने लगा।

मैं सोचने लगा, कैसे-कैसे लोग हैं, कलेजे में दर्द छिपाए...गला मेरा भर आया। यकायक अपने को सँभालकर बोला—यहाँ हमीदिया अस्पताल में दिखाया?

वह रोते-रोते बोला—हुजूर, सब जगह दिखला चुका हूँ, झाड़-फूँक बची थी, बो भी कर रहा हूँ, कहीं से कोई आराम नईं...

गहरी साँस लेता मैं चुप हो गया।

वह आँसू पोंछता, नाक सुड़कता, कमर पकड़े धीरे-धीरे झाड़ू लगाता रहा, फिर डुगरता चला गया।

इसके बाद वह चार-छे रोज़ ही आया होगा, फिर ऐसा ग़ायब हुआ कि छे महीने बाद दिखा। उसकी घरवाली भी मुझे कहीं नहीं दिखी। इस बीच काम्प्लेक्स के कुछ लोगों ने उसके बारे में हलकी बातें ज़रूर कीं कि बाजारू औरत है। चल रही है। कर्नल चौहान ने तो यहाँ तक बताया कि भिंड के एक पाँड़े ने तो उसे राख-सा लिया है। कहता है, जमादारिन नहीं, बाभनी है...

उस दिन तरकारी लेने जब मैं हाट जा रहा था, पुल के पास उकड़ूँ बैठा वह मिला। समूची हुलिया उसकी पहले जैसी थी, सिर्फ कमीज़ बदली थी। फटी, चीरे लगी कमीज़ की जगह साबुत कमीज़ वह डाटे था। बेतरह पान चाभे था और सामने की धूल भरी ज़मीन पर लम्बी पिचकारी-सी मारता जा रहा था। शराब भी अच्छे से खैंचे था। आँखें और भी पीली थीं, चढ़ी-चढ़ी सी।

उसे देखते ही मैं ठिठका, क़रीब जाकर बोला—क्यों राजू, तुमने तो दिखना ही बन्द कर दिया। कहाँ हो आजकल?

मेरे कहे का उस पर कोई असर न था।

यकायक पान की पीक सामने मारता, डगमगाता-सा, नकीली आवाज में वह बोला—हुजूर, हमने हाथ के सारे काम छोड़ दिए, अब कुछ नईं करता! मुस्किया के वह आगे बोला—घरैतिन भी नईं करती साब! उसने सिर झटका जैसे कोई दुख देनेवाली बात याद आ गयी हो, गुस्साकर बोला—क्यों करें साब काम? क्यों करें? हट्ट! हट्ट!! बेतरह झल्लाकर उसने अपना सिर पीट लिया और एक ज़ोरदार अस्पष्ट-सी आवाज, मुँह आसमान की ओर करके, गले से बुलन्द की और शान्त हो गया।

मैंने कहा—कहीं से कोई जुगाड़ जम गयी है क्या?

हाथ उठाकर इनकार करता-सा बोला—नईं सरकार, कोई जुगाड़-फुगाड़ नहीं! बस अपन खुस्स हैं बहोत खुस्स!!!

बच्ची कैसी है?

वह तो गुज़र गयी हुजूर, अच्छा ही हुआ! अपाहिज जी के क्या करती! भगवान ने उसकी सुन ली।

धीरे-धीरे लहराता-डगमगाता-सा वह उठ खड़ा हुआ मुस्कराता, जैसे उल्लास की तरंग में हो, धीमे स्वर में बोला, हुजूर, मैं तो आपके पास आता, सुकर है, आप खुद ही मिल गये। सहसा चुप होकर उसने आस-पास नज़रें दौड़ाईं जैसे कोई सुन तो नहीं रहा है उसकी बात, वह आगे बोला—आप मेरी झुग्गी में चलें, आपकी तबियत गिल्ल हो जाएगी।

कहते हुए उसने मेरी कलाई पकड़ ली। पंजे उसके सड़सी जैसे सख़्त थे। ताक़त लगाकर किसी तरह उससे कलाई छुड़ाई और पीछे हट गया।

अपनी जगह पर झूमता नकीली आवाज में वह बोला—ठीक है साब! आपकी मर्जी! कहता वह बैठ गया। जेब से काग़ज़ के पुड़े में से उसने ढेर-सी गिलौरियाँ निकालीं और मुँह में ठूँस लीं। ठूँसते वक़्त उसने पीली-पीली चढ़ी आँखें मेरी ओर कीं और कहा—हुजूर, पान-वान लेंगे? आपकी दया से कोई टोटा नईं है...

माथा सिकोड़े मैं चुप खड़ा रहा। गोया उसके पान पर लानत भेज रहा होऊँ।

उस दिन हाट जाते हुए मैं यही सोच रहा था कि राजू की हुलिया बदली हुई थी और अपने को वह भारी ख़ुश बता रहा था, फुसफुसाकर झुग्गी पर भी बुला रहा था, आख़िर बात क्या है। मुझे लोगों की बातों का ख़्याल आया जो उसकी घरवाली को लेकर की गयी थीं... ज़रूर कुछ मामला है... इन्हीं बातों को जानने की जिज्ञासा मुझे उसके ठीहे की ओर ठेल रही थी। और न चाहते हुए भी मैं चौथे दिन शाम के झुटपुटे में उसकी झुग्गी की ओर बढ़ा, लेकिन आधे रास्ते से लौट आया—यह सोचकर कि कहाँ कीचड़ में पैर फँसा रहा हूँ, भाड़ में जाय साला, अपने को क्या?

लेकिन दूसरे दिन मैं अपने को रोक नहीं पाया और उसकी झुग्गी के सामने था।

उसकी झुग्गी असंख्य पन्नियों से ढँकी-मुँदी थी और आस-पास की झुग्गियों से अलग न थी, बल्कि उनसे ज़्यादा गिराऊ हालत में थी। आगे छोटा-सा कच्चा गोबर लिपा चबूतरा था। टटरा नीचा था, काफ़ी झुककर अन्दर जाना पड़ता होगा।

सामने नाली थी, दुर्गन्ध छोड़ती। ठहरी हुई-सी। मच्छर-मक्खियों से भरी। एक छोटा-सा लड़का लकड़ी घुमाते हुए मच्छर-मक्खियों को मार रहा था जो उसकी गेंद पर बैठे थे। नाली पर तीन-चार लचकदार बाँसों को बाँधकर रखा गया था। यह छोटा-सा पुल था, झुग्गी में पहुँचने के लिए।

जब मैं झुग्गी के सामने ठिठका, राजू नशे में धुत्त बाहर टटरे के पास बैठा, मच्छरों को गालियाँ देता मिला। मुँह में पान ठँसा था। आँखें चढ़ी हुई।

मुझे देखते ही वह सहसा चहक सा उठा और पुल पर डगमग दौड़ता हुआ मेरे पास आया और मेरे पाँव की ओर झुका। यकायक वह ज़ोर से बोलने लगा—साब, पूरी कालोनी का हाल बुरा है, सब दूर सीवर लाइनें टूटी हैं, वह साला मियाँ सब के पैसे खा के भी काम नईं कराता! लेकिन हुजूर आप फिकिर न करें, अपन सब ठीक कर देंगे, आईने जेसा...!

मैंने देखा राजू पास की झुग्गी से निकले मजूर को देखकर ज़ोर-ज़ोर से सुनाने लगा था ताकि वह समझ ले कि सीवर का मामला है, इसलिए साहब ड्योढ़ी पर आए हैं।

लेकिन जैसे ही मजूर अपनी झुग्गी में अन्दर गया। राजू ने मेरी ओर देखा, आँख मारी और मुस्कराया जैसे कह रहा हो कि क्या चूतिया बनाया उसे!

मैंने जाने का बहाना किया कि उसके चेहरे पर रहस्यमयी मुस्कान फैल गयी। आँखें चमक उठीं। मानो कह रही हों कि ऐसे-कैसे चले जाओगे?

उसने अगल-बगल चौकन्नी निगाह दौड़ाई, उस मजूर की झुग्गी की ओर देखा जो अन्दर चला गया था और दो-तीन झुग्गियों की तरफ देखा जिनकी आँखें और कान उसकी झुग्गी की तरफ हर वक़्त लगे रहते थे जैसे वे किसी टोह में हों। जब कोई न दिखा तो फिर वह ज़ोर से बोलने लगा, किसी को सुनाने के अन्दाज़ में—सरिया लाना होगा और बेलचक, काम के लिए एक छोरे को भी पकड़ना होगा, सीमेंट रेत तो होगी। यकायक वह मेरे कान के पास फुसफुसाने लगा—ड्योढ़ी पे आए हैं तो कुछ...!

उसकी बात का मर्म समझता कि उसने मेरी कलाई पकड़ ली। वही सड़सी जैसी पकड़। डगमगाता-सा अब वह मुझे झुग्गी के अन्दर खींच रहा था।

मैं कोई विरोध न कर सका और सिर नवाकर जब झुग्गी में घुसा तो घुप्प

अँधेरे में कुछ सूझ नहीं रहा था।

कुप्पी तो जला! तीखी किन्तु मद्धिम आवाज में, तक़रीबन दाँत पीसते हुए वह किसी से बोला।

जलाई तो रई हूँ! आवाज उसकी औरत की थी।

माचिस पर काड़ी की रगड़ हुई और पीली मटमैली-सी रोशनी हो उठी। जलती काड़ी पकड़े उसकी घरवाली कुप्पी जला रही थी। रोशनी में उसका चेहरा रोशन था, नाक में चमकती लौंग, छोटी-सी बिन्दी, सिन्दूर और आँखें—सब कुछ झिलमिल!

सहसा राजू मद्धिम आवाज में अस्पष्ट-सा कुछ बोलता, मुझे अकेला छोड़कर डगमगाता सा टटरे के बाहर चला गया जैसे कह रहा हो, आप बैठें, मैं बाहर हूँ।

कुप्पी जल चुकी थी और उसकी रोशनी में सब कुछ साफ़ था।

एक गन्दी-सी मोटी नम दरी झुग्गी के बीचोबीच बिछी थी जिस पर अकबकाया-सा बैठा मैं झुग्गी का जायजा ले रहा था। झुग्गी के एक कोने में रसोई के बर्तन जमा थे और उसी के बगल में मोरी थी, जहाँ से पेशाब की तीखी बास आ रही थी। दूसरी तरफ लोहे का एक पुराना ज़ंगखाया बक्सा था जिस पर जर्जर, सड़ी रजाइयाँ थीं और ढेर सा गूदड़। बक्से के पास टीन के कनस्तर पर कुप्पी थी जो अँधेरे में तिलक की तरह खिंची थी, एकदम सीधी। कुप्पी का हलका धुआँ छत की ओर रुख़ किए था। पास ही प्लास्टिक की पानी भरी बाल्टी थी जिसमें मग तैर रहा था।

दरी के एक छोर पर राजू की घरवाली बैठी थी, हथेली के सहारे टिकी हुई। उसकी धज में ज़रा भी फ़र्क़ नहीं था, बल्कि वह और निखर आई थी।

मुस्कराते हुए उसने मुझे पीने के लिए पानी दिया। मैंने पानी भरा गिलास ले तो लिया, लेकिन मुँह से नहीं लगाया, हाथ में लिये रहा—गन्दा पानी पीने से मैं बच रहा था।

मैं तो महज़ राजू और लोगों की उड़ाई बातों का रहस्य जानने के लिए निकला था, दूसरी कोई बात दिमाग़ में न थी। मगर यहाँ दूसरे ही जाल में गिरफ़्तार हो गया था। मैं भाग निकलना चाहता था लेकिन पता नहीं क्या था जो मुझे दबोचे बैठा था और लाचार-सा मैं वह सब कुछ करने को उतावला था जिसे मैं कभी क़बूल न करता।

सहसा तेल न होने के कारण या बत्ती नीचे खिसकने के कारण कुप्पी डूबने-डूबने को हुई...फिर पता नहीं क्या हुआ कि मैं अपना आपा खो बैठा। उस बहाव में मैंने उसकी कलाई पकड़ ली। हम गुत्थम-गुत्थ थे।

अपने को सँभालता मैं झुग्गी के बाहर आया। राजू की ओर सौ का नोट फेंका और घर की ओर सरपट भागा। एक अव्यक्त सा अपराधबोध था जिसके तले मैं दबा जा रहा था और तेज़ी से भागते हुए घर पहुँच जाना चाहता था मानो घर पहुँचकर उससे छुटकारा पा जाऊँगा।

उस दिन पूरी रात और दूसरे दिन शाम तक मैं गहरे अफ़सोस और अपराधबोध में रहा। लेकिन जब रात गाढ़ी हुई, पता नहीं क्या हुआ, मैं पूरी तरह उससे मुक्त था और राजू की झुग्गी के पास खड़ा था।

और सच कहूँ, उस रात के बाद मैं रोज़ाना रात के अँधेरे में उसकी झुग्गी पर पहुँचने लगा। राजू की घरवाली में पता नहीं ऐसा क्या था जो मुझे खींचता था और मैं बेबस-सा उसकी तरफ खिंचता चला जाता, ग़फ़लत की हालत में।

इस तरह दिन बीतते जाते थे।

मैं आता और राजू के इशारे के बिना, अब निधड़क टटरा सरकाता और झुग्गी में घुस जाता। राजू का वह ख़ौफ़ भी जाता रहा जो पहले, शुरू के दिनों में आसपास की चौकन्नी निगाहों के लिए हुआ करता था।

उस रात जब दूधिया चाँदनी बरस रही थी और हवा में गुलाबी ठंड अपना जादू बिखेरे थी, मैं अपने घर से निकला और धीरे-धीरे टहलता हुआ, राजू की झुग्गी के आगे आ खड़ा हुआ। राजू की घरवाली उस वक़्त पड़ोसन के टटरे के पास खड़ी उससे बतिया रही थी। राजू अपने टटरे के आगे नशे में झूमता, बुरी तरह चाभे पान के बीच फ़िल्मी गीत की कोई कड़ी चील की टिहकारी की तरह आलाप रहा था कि मैंने खाँसा।

मैंने खाँसा इसलिए कि राजू की घरवाली को पता चल जाए कि मैं आ गया और वह देर न करे।

राजू की घरवाली पर कोई हरकत न होती देख मैंने दो-तीन बार खाँसा, फिर भी वह काठ बनी रही। और उस कंजड़िन से बतियाने में लगी थी। अब मैं बाहर रुक न सका। भयंकर गुस्से में भर गया। एकाएक मैंने ज़ोर से टटरा सरकाया और झुग्गी के अन्दर चला गया। दिमाग़ में गालियाँ मार कर रही थीं कि साली ने मेरी ओर देखा तक नहीं, न उसका एहसास दिलाया...एहसास भर दिला देती तो तसल्ली हो जाती, फिर देर से आती; लेकिन उसने ऐसा कुछ न किया। यह तो हद है... इन्तज़ार करता मैं उसे मन ही मन कुचल रहा था...

इन्तज़ार मुझे उतना छेद नहीं रहा था जितनी जान-बूझकर बरती गयी उपेक्षा। मैं तड़प रहा था उसमें कि वह आई।

वह ख़ासा नाराज़ थी और मुझसे कहे जा रही थी—सबके सामने तो खाँसा-

खूँसा न करो। एकाएक वह रुआंसी हो आई—उस कमीन के सामने मुझे कितना नीचा देखना पड़ा, मैं ही जानती हूँ...उसने कुछ कहा नहीं लेकिन उसकी आँखें सब कुछ कह रही थीं—आँखों से आँसू बह निकले उसके—थोड़ा सबर करते, मैं तो खुद आती, बिना बुलाए...

उसकी बात से मुझे काठ-सा मार गया था!

फ़ाक़ा

बीच सड़क पर वह आदमी गिरा। और जैसा कि होता है कि जिस गति से कोई गिरता है, यदि ख़ास चोट नहीं आई तो उसी गति से उठ भी खड़ा होता है। वह आदमी चटपट उठ खड़ा हुआ। उसके चेहरे पर शर्म जैसा कोई भाव न था। उसने साइकिल उठाई और बिना इधर-उधर ताके, हैंडिल को पकड़े, धकाता आगे बढ़ा।

जब वह आदमी गिरा था, उस वक़्त मैं अपने ड्राइंग रूम में बैठा सिगरेट पी रहा था और सोच रहा था कि कालीन पुराना हो गया है, क्यों न इसे ख़ारिज कर दिया जाए और ख़ूबसूरत-सा नया कालीन बिछाया जाए...

बस किसी के साइकिल से गिरने की आवाज आई।

वैसे जो आदमी गिरा था, मामूली तौर से गिरता नहीं। वह तो बेचारा हैंडिल पर झुका, पैडल पर पैर मारता, आराम से जा रहा था। उसे क्या पता था कि उसकी साइकिल के आगे सुअरिया आ जाएगी औंचक और उसे पटखनी दे जाएगी। लेकिन गनीमत समझो कि उसे चोट नहीं लगी और वह मुस्कराता, साइकिल बढ़ाता निकला। साइकिल पर वह बैठा नहीं। गली तक वह पैदल ही गया और ओझल हो गया।

मैंने दूसरी सिगरेट निकाली और कालीन के सोच में फिर से डूब गया कि सूअरों के चीख़ने की आवाज से ध्यान भंग हुआ। चीख़ इस क़दर थी जैसे कोई हादसा हो गया हो।

मैं जाली वाला दरवाज़ा ठेलता, बाहर आ खड़ा हुआ। देखा तो बीच सड़क पर आटा फैला था जिसे हड़प लेने के लिए सूअरों में मारा-मारी मची थी। ज़ाहिर था कि आटा उस आदमी का था जो साइकिल के कैरियर में फँसा था, उसके गिरते ही, वह भी गिर पड़ा था। लेकिन आदमी की निगाह आटे के पुड़े पर क्यों नहीं गयी? ख़ैर, आटे का अब नामोनिशान न था, सूअर पन्नी तक चट कर गये थे, बावजूद उसके गुरगुराते-हड़बड़ाते हुए बेचैन-से इधर-उधर थूथन मार रहे थे जैसे कहीं-न-कहीं आटा है जो उनकी नज़र से रह गया है...

थोड़ी देर बाद सड़क सुनसान थी। सूअरों का कहीं पता न था कि कहाँ बिला गये।

मैं, बाहर सीढ़ियों पर बैठा, सिगरेट के धुएँ उड़ा रहा था कि वह आदमी गली में नमूदार हुआ जो कुछ देर पहले बीच सड़क पर साइकिल से गिरा था। दोनों हाथों से साइकिल ठेलता वह इधर-उधर ग़ौर से ताकता आ रहा था जैसे किसी गुमी चीज़ को ढूँढ़ रहा हो!

डुगरता हुआ वह उस मुकाम तक आ गया, जहाँ थोड़ी देर पहले गिरा था।

अब मैंने उसे ग़ौर से देखा। बिखरे बालों का वह एक मजूर जैसा था। बाल रूखड़ थे और उलझे हुए। लगता था महीनों से उन पर पानी न पड़ा हो। शरीर पर उसके एक लम्बा-सा कुर्ता था जिसमें बटन नहीं थे जिसमें से छाती के काले-काले बाल झाँक रहे थे। वह पैंट पहने था जो निहायत ही गन्दा था। पैर में प्लास्टिक के काले जूते थे। कपड़ों पर चूने-मिट्टी के धब्बे थे जिनसे यह अन्दाज़ा लगता था कि वह पुताई करनेवाला मजूर है। वह एकदम काला था, छुहारे जैसा सूखा, लेकिन उसकी आँखें चमकदार थीं। आँखों के कोरों में हलकी लालिमा थी जो अकसर तेज़ धूप में रहने पर हो जाती है।

एक क्षण को उसने आस-पास नज़र डाली और जब उसे कुछ नज़र नहीं आया तो वह साइकिल धकियाता आगे बढ़ा। आगे बढ़ते-बढ़ते उसकी आँखें कुछ ढूँढ़ रही थीं—ज़ाहिर था, वह पुड़ा हेर रहा था जिसमें आटा था।

गली के दूसरे मुहाने पर वह खड़ा हो गया। साइकिल उसके पेट से टिकी थी। जेब से उसने बीड़ी निकाली, उसे हथेली पर कुछ देर रगड़ता रहा, फिर उसने माचिस निकाली। उसके होंठ बुदबुदा रहे थे, सिर हिल रहा था, लगता था जैसे अपने से कह रहा हो कि पुड़ा गया तो गया कहाँ? यकायक उसने तीली जलाई और पंजों से हवा को रोककर बीड़ी सुलगाने लगा। सिर हिलाते सम्भवतया इस वक्त भी वह वही वाक्य दोहरा रहा था कि पुड़ा गया तो गया कहाँ?

जैसे ही मैं एक क्षण के लिए अन्दर गया और वापिस लौटा, वह आदमी नदारद था।

मैंने सिगरेट का आख़िरी कश खींचा कि गली के दूसरे छोर पर वह आदमी फिर दिखा। साइकिल धकियाता। इस बार उसके साथ उसका सात-आठ साल का लड़का था जो सम्भवतः पुड़े की खोज में उसकी मदद के लिए आया था। गली के मुहाने पर वह आदमी खड़ा था। बीड़ी का बुझा टोंटा उसके होंठ के कोर में था, वह लड़के को बता रहा था कि वो साहब जो सीढ़ियों पर बैठा है, सिगरेट खैंच रहा है, उसी के घर के आगे मैं सुअरिया के आगे आ जाने से गिरा था साइकिल से। मुझे पक्का भरोसा है कि कैरियर में आटे का पुड़ा कसा था, लेकिन पता नहीं कैसे वह

ओझल हो गया, समझ में नहीं आता! यह तो ग़ज़ब है, सरासर! गिरने पर कहीं कुछ तो बिखरता!

आँखें चमकाता दूर की कौड़ी लाता-सा लड़का बोला—साहब तो नहीं मार ले गया!

आदमी मुस्कराया, लड़के की होशियारी पर, बोला कुछ नहीं।

लड़का बाप की आँखों में झाँकता बोला—आज तो तूने ताड़ी भी नहीं खैंची है कि नशे में गफलत हो जाए।

बाप अफ़सोस में ताड़ी के नशे के-से अन्दाज़ में झूमता हुआ साइकिल की सीट पर हाथ मारता बोला—लाख ताड़ी खैंचे हों कभी कोई सामान नहीं गिरा!!!

इस बीच आदमी की घरवाली भी आ गयी थी। वह दुबली-पतली सुक्कड़-सी थी। हवाई चप्पल पहने थी। पीले-पीले निचुड़े से पैरों में चाँदी के लच्छे थे।

तीनों गली के मुहाने पर खड़े बतिया रहे थे। कोई कुछ अटकलें भिड़ाता, कोई कुछ। ज़ाहिर था तीनों पुड़े को लेकर चिन्तित थे और परेशान।

तीनों गली के इस छोर से उस छोर तक चौकन्नी निगाहों से ताकते हुए, चहलक़दमी करते रहे। आदमी बीच-बीच में रुककर अपने गिरने की जगह भी बताता जाता था सिर धुनता हुआ।

इन तीनों की हरकत मैं काफ़ी देर से देख रहा था और सोच रहा था कि बिचारे कितने परेशान हैं! मैं यह भी सोच रहा था कि न आदमी ने और न ही औरत-बच्चे ने मुझसे कोई पूछताछ की! मेरे लिये यह एक हैरानी की बात थी। अगर वे मुझसे पूछते तो मैं साफ़ बता देता। यही नहीं, मैं दो-तीन किलो आटा दे देता या उतने का पैसा! मेरे लिये यह निहायत छोटी-सी बात थी; लेकिन इन तीनों ने मुझे दरकिनार रखा।

जब ये तीनों गली के मोड़ पर थे और मायूस होकर जाने ही वाले थे, मुझसे रहा नहीं गया। मैंने आगे बढ़कर आदमी से पूछा—क्या हुआ, तुम परेशान क्यों हो?

आदमी ने मुझे देखा, बोला कुछ नहीं। उल्टे उसके चेहरे पर जो भाव था, छिप नहीं रहा था, बोल रहा हो—तुझे सब पता है, फिर भी पूछता है कि क्या हुआ?

मैंने पूछा—कुछ खो गया है क्या?

आदमी ने उपेक्षा भाव बरतते हुए फिर कोई जवाब नहीं दिया।

मैं तीनों से मुख़ातिब था लेकिन तीनों चुप्पी साधे थे। बस ऐसे देखते जैसे कह रहे हों कि तू इत्ती दया आख़िर किसलिए दिखला रहा है!

यकायक आदमी ने औरत से कहा—चल एक दिन भूखै सो रहेंगे! क्या फरक पड़ता है। आज फ़ाक़ा ही सही। क्या?

इस पर आदमी यकायक ठठाकर हँसा। औरत और बच्चा भी हँस पड़े।

मैं अपने में सिमटा था।

माँ की एक बेतुकी कहानी

बहुत छोटा-सा घर है। बारिश से बदहाल और टपकता हुआ। आप देखें तो खंडहर कह उठें। इसमें एक कुठरिया जैसा कमरा है और इससे कुछ बड़ा हॉल। कुल जमा इतनी-सी जगह है। कुठरिया में एक छोटे पाँव का नीचा तख़्ता पड़ा है और कोने में लोहे के बक्से एक के ऊपर एक जमा के रखे गये हैं। एक टीन की कुर्सी है जिसके सिर पर डोरी फैली है जिस पर ढेरों कपड़े—कमीज़, पैंट, कम्बल, चादरों का ढेर है जिससे यह एक तरह से धोबी के घर की याद दिलाता है। दीवार पर चार्ली चैपलिन का एक बड़ा-सा ब्लोअप चिपका हुआ है जिसमें वह बड़ा-सा लबादा पहने छड़ी लिए खड़ा है। उसी के बग़ल खूँटी पर एक धूल खाया नीले रंग का हैट टँगा है। हॉल में लोहे का ज़ंगखाया चिचियाता पलंग है। पलंग के पास एक चटाई बिछी है जिस पर लकड़ी के स्टैंड पर आपको मानस खुली मिलेगी। यह हॉल भी घर-गृहस्थी के सामानों से ठँसा है। पीछे संडास है जिसके पास की जगह को झाड़-झंखाड़ों से घेरा गया है। यहाँ पालक, धनियाँ, मिर्ची, टमाटर, भिंडी, लौकी जैसी तरकारियों को समय-समय पर उगाया जाता है। यह पिछवाड़े की जगह है। सामने की जगह ख़ाली पड़ी है जहाँ धूल उड़ती रहती है। दरवाज़े पर चमेली की लतर है जो छत पर बड़े झाड़ में तब्दील हो गयी है जिसमें फूलों की बहार रहती है और चारों तरफ मह-मह ख़ुशबू फैला करती है।

बारिश की मार से बचने के लिए छत पर बड़ी-बड़ी पन्नियाँ और त्रिपाल फैलाए गये हैं ताकि छत टपके नहीं, बावजूद इसके पानी अपनी जगह बनाये है। घर में चारों तरफ सीलन ही सीलन-दीवारें नोने से घायल। ग़लती से आप दीवार को छू लें तो उसकी नमी देर तक महसूस होती रहेगी और यह एहसास होता रहेगा मानो यह नोना उँगलियों के रास्ते रगों में बहता हुआ फेफड़ों में जा बैठा है। छतें देखकर कोई चित्रकार ख़ुशी से चिल्ला उठे—क्या चित्र हैं! मानो विश्व के महान चित्रकारों की पेंटिंग्स को छत से चिपका दिया गया हो। सफेद धारियाँ और झड़ती पपड़ियाँ हज़ारों इंसानों और जानवरों की मुखाकृतियों को भी रूप दे रही हैं—ऐसा लगता कि

हज़ारों की तादाद में सताए हुए, असहाय, भूख से तड़पते-तकलीफ भोगते लोग हैं जिन्हें छतों पर कीलों से जड़ दिया गया हो जिनमें से वे कभी निकल नहीं सकते। आह-कराह ही उनका एकमात्र वसीला हो।

यह कुठरिया, मेरे दोस्त, किसन की है जिसके तख़्ते या टीन की कुर्सी पर बैठा वह चहकता रहता—नाटक के संवादों को ज़ोर-ज़ोर से रूप देता रहता।

हॉल में माँ की दुनिया बसी है। माँ बूढ़ी हैं, सत्तर के आस-पास होंगी लेकिन बला की फुर्त हैं। वह शहर की जानी-मानी नृत्यांगना थीं। बोल-चाल या कहें हर काम में उनकी नृत्य कला की छवि दीखती लगती है। चालीस साल पूर्व उनके पति की मृत्यु हो गयी जो एक सरकारी स्कूल के हेडमास्टर थे। उनके जाने के बाद उसका बेटा था उनकी ज़िन्दगी की आस जिसके सहारे उन्होंने ज़िन्दगी के चालीस साल निकाल दिए। बेटे को देख-देख के वे निहाल थीं। उसका हर वक़्त ध्यान रखना उनका एकमात्र काम था।

किसन शहर का नामी रंगकर्मी था। बला का जहीन। बुलन्द आवाज। बाल घुँघराले, आँखें बड़ी-बड़ी। माथा विशाल। तीखे नाक-नक्श। कुल मिलाकर वह किसी नामी फिल्मी हीरो की याद दिलाता। एक बार किसी से मिल क्या लेता—उसी का हो जाता। लोग उसे न भूलते, मुहब्बत-सी करने लगते।

कुठरिया में उसके दोस्तों की अकसर भीड़ लगी रहती। दोस्तों का शोर उसे गुँजाए रखता।

किसन का मैं जिगरी दोस्त था। हर वक्त का साथी। कोई भी बात या काम हो, किसन मुझसे पूछे बिना न करता। अपने दिल की हर बात मुझे बताता...मैं भी उसके बिना कहीं एक पल ठहर नहीं पाता था...

लेकिन यही किसन कुछ दिनों से उदास था, चुप। मैंने कारण जानना चाहा तो उसने कोई जवाब न दिया। मुझसे रहा न गया, एक दिन उसे घेर ही लिया। उसने बताया कि इस शहर में कोई स्कोप नहीं रहा। आदमी कोई उछाल नहीं ले सकता। गढ़े में पानी जैसा हाल है।

एक दिन उसने कहा कि वह मुम्बई जाना चाहता है, वहाँ भारी स्कोप है, अगर मामला जम गया तो ज़िन्दगी बन जाएगी...

और एक दिन अचानक वह माँ को मेरे ज़िम्मे कर मुम्बई के लिए रवाना हो गया।

उसका जाना क्या हुआ—माँ के जैसे प्राण निकल गये। जाते वक़्त आशीर्वाद के लिए जब वह माँ के पैरों पर झुका, माँ मानस की पंक्तियाँ बुदबुदा के आँसू बहा रही थीं—सुदिन सुघरी तात कब होई। जननी जियत बदन विधु जोई। तात्पर्य कि वह सुन्दर अच्छा दिन कब होगा जब जीते जी मैं तुझे देख पाऊँगी...

किसन चला गया था मुम्बई और माँ भयंकर दुख और उदासी में।

मैंने हर तरह से माँ को समझाया, लेकिन उन्हें कुछ समझ नहीं आ रहा था। वे सब कुछ सुनते हुए भी सुन्न-सी थीं। मुझे टुकुर-टुकुर देखते हुए आँसू ढरकातीं। कई दिनों तक वे शोक में थीं। न ठीक से खाना-न पीना। जबरदस्ती करने पर एकाध कौर खा लिया तो खा लिया अन्यथा बर्तन ज़मीन पर पटक देती थीं। हर वक़्त वे मानस की यही पंक्तियाँ... सुदिन सुघरी... बुदबुदातीं। जैसे मुझसे ही प्रश्न कर रही हों कि बता, मेरा लाल कब लौटेगा? बता???

एक महीने के बाद जब किसन का एक अन्तर्देशीय पत्र आया जिसमें उसने माँ से विनती की थी कि वह किसी तरह की चिन्ता न करे, वह यहाँ अच्छे से है, काम जमते ही वह उसे वहाँ से ले आएगा, अपने पास रखेगा...जब तक कोई काम नहीं जम रहा है, सृजन है, तेरा दूसरा सग्गा बेटा, वह तेरा हर बख़त ख़्याल रखेगा...

माँ ने पत्र को असंख्य बार पढ़ा होगा और पढ़-पढ़ के आँसू गिराती रहीं। लगता पत्र न हो किसन हो जिसे वे हर हरफ़ में महसूस कर रही थीं। पत्र को छाती से लगाए रखतीं, चूमतीं, पुचकारतीं।

जब भी मैं माँ से पूछता कि किसन का नया समाचार क्या है, कोई ख़त-वत आया है, माँ मानस से निकालकर इसी पत्र को पकड़ा देतीं, कहतीं—अभी-अभी यह आया है, देख कितना प्यारा है, कितना ध्यान रखता है हमारा, एक-एक शब्द में वह मुझे छू रहा है, मुझे छाती से लगा रहा है, मेरे प्यारी ले रहा है...

मैं कहता—माँ, यह तो महीनों पुराना ख़त है!

माँ कहतीं—नहीं रे, अभी-अभी तो डाकिया दे गया है! पुराना कहाँ है?

इस पर मैं अवाक् रहता।

माँ के पास किसन की याद और उसके लौटने के इन्तज़ार के अलावा दूसरा कोई काम न था। मुझे जब भी वक़्त मिलता, माँ के पास आ जाता। हर वक़्त उनका ध्यान रखता, लेकिन माँ थीं कि सिर्फ़ किसन, सिर्फ किसन! किसन कब आएगा... इस इन्तज़ार में वर्षों निकल गये। किसन एक बार गया तो दुबारा झँका नहीं। एक पत्र के अलावा दूसरा ख़त न डाला। मैंने कितने पत्र लिखे होंगे, गिनती नहीं—उसने एक का जवाब देना उचित न समझा! ऐसे में मैं क्या करता—उससे नाउम्मीद हो चुका था। उसकी माँ अब पूरी तरह मेरी माँ थी! हर वक़्त मैं उसकी टहल में रहता। और माँ थी कि हर वक़्त किसन को याद किए जा रही थीं।

इस बीच समय ने घर के साथ जो सुलूक किया, आप समझ ही सकते हैं—पन्नियाँ त्रिपाल तार-तार होकर अपने वजूद तक को खो चुके थे। घर की छतें-दीवारें

नोने से तो घायल थीं ही, अब ऐसी हालत में आ चुकी थीं कि कभी भी धराशाई हो जाएँ। माँ का लोहे का पलंग टूटकर ज़मीन से आ लगा। ओढ़ने-बिछौने चीख़-चीख़ के कह रहे थे कि मुझे मुक्ति दो, मेरी मिट्टी क्यों ख़राब कर रहे हो—लेकिन माँ थीं कि इन सभी के बीच साँस ले रही थीं। और किसी को छोड़ने को तैयार न थीं। वह खुद भी इन सब के बीच भारी अशक्त हुई थीं, हाथ और सिर में कम्पन होने लगा था। लेकिन उनके इन्तज़ार पर समय का कोई बुरा असर न था, वह बलवान ही रहा।

भयंकर सर्दी की एक दोपहर को जब मैं माँ से मिलने आया, वह मानस खोले, हलब्बी चश्मा चढ़ाए, वही 'सुदिन सुघरी...' वाली पंक्तियाँ बुदबुदा रही थीं, मुझे देखते ही यकायक चुप हो गयीं।

मैंने चुप्पी का कारण पूछा तो माँ ने कहा—तुझसे एक विनती है?

मैं बोला—अरे, विनती काहे की? आप और विनती???

माँ क्षणभर चुप रहीं, फिर मद्धिम आवाज में बोलीं—अगर मैं मर जाती हूँ तो इसकी ख़बर किसन को न देना... बोल नहीं देगा न?

माँ के इस प्रश्न पर मैं स्तब्ध था। माँ ऐसा सवाल आख़िर क्यों कर रही है—कहीं कोई गड़बड़ होनेवाली है क्या? मैं डर गया था।

मेरा मरना तो तै है, आज नहीं तो कल! लेकिन मैं चाहती हूँ कि यह ख़बर किसन तक न पहुँचे तो कितना अच्छा रहेगा। उसके लिए मैं ज़िन्दा तो बनी रहूँगी! मेरे मरने का उसे दुख तो नहीं सालेगा... बोलते हुए माँ मानस के पन्नों पर आँसू गिराती जा रही थीं।

मैं क्या बोलता। चुप रहा।

उस रात मैं सो नहीं पाया। पूरी रात बिस्तर में कल्थता रहा। माँ की बात ने मुझे बेचैनी में डाल दिया था। माँ ने यह बात आख़िर कही तो क्यों कही? कहीं माँ का अन्त क़रीब तो नहीं? उसे मौत का भास हो गया है क्या? अकसर बूढ़े लोगों को अपनी मौत का भास हो जाता है। सम्भवत: माँ को अपनी मृत्यु का भास हो गया था, तभी ऐसी बात उसने मुँह से निकली, नहीं दस-बारह वर्षों में उसने कभी ऐसी बात न की...

ख़ैर, मैं भारी दुश्चिन्ता में था और इसी दुश्चिन्ता में जब मैं दूसरे दिन सुबह माँ के पास पहुँचा, वह सचमुच में मर चुकी थीं। वह चटाई पर सीधी, निर्जीव पड़ी थीं मानो शवासन में हों। माँ प्राणायाम करती थीं। जब मैं सुबह आता, वे ज़्यादातर शवासन की मुद्रा में रहतीं। मेरी आहट पाते ही कहतीं—बैठ जा, मैं अभी उठी...

मुझे यकायक लगा, माँ शवासन में हैं, अपने पतले-पतले होठों से अभी

बोलने ही वाली हैं। मैं उनके बोलने और उठ बैठने के इन्तज़ार में हूँ और इसी इन्तज़ार में कब दिन चढ़ गया और बीत गया, साँझ आई और रात में बदलकर सुबह में ढल गयी... मुझे पता न चला... ?

मृत्यु की गन्ध ने मुहल्ले को हरकत में ला दिया। मुहल्ले के लोग जमा हो गये।

सभी एक स्वर में कह रहे थे कि माँ के क्रिया-करम की फिकर करो, माँ गयीं...

मुझे कुछ सूझ नहीं रहा था। मैं अभी भी माँ के बोलने और उठ बैठने के इन्तज़ार में था।

ख़सम

पत्नी बेचैन हैं।

बेचैनी की वजह है सब्ज़ीवाला जो तकरीबन एक महीने से नहीं आ रहा है। लापता है, ग़ायब या कुछ हो-हवा गया है। पत्नी को यही लगता है कि उसके साथ कुछ घपला हो गया है; नहीं इतने दिन फिरने में नहीं लगते! घर में वह बैठ ही नहीं सकता, ऐसा आदमी है मेहनत-मशक़्क़तवाला, रोज़ कमा के खाने वाला।

सब्ज़ीवाला यही कोई पैंतालीस साल का होगा। छे फुटा, लम्बा, थोड़ा-सा आगे को झुका। सिर के बाल खिचड़ी और बेतरतीब फैले हुए जिन्हें वह कभी हाथ नहीं लगाता। नहाते वक़्त भी पानी नहीं पोंछता होगा। लटों की शक्ल में वे चेहरे पर लटकते रहते। मूँछें भी ऐसी ही बढ़ी हुई थीं। दाढ़ी पूरे चेहरे पर नहीं थी। बकरे जैसे ही थी ठोढ़ी पर। रह-रह वह उस पर हाथ फेरता रहता। बदन पर उसके बिना बटनों का मैला-सा कुर्ता होता जो छाती पर चौपट खुला रहता। नीचे ढीला-ढाला पायजामा। पाँयचे उसके ऐसे कटे-फटे होते लगता कैंची से कतर दिए गये हों। बड़े पट्टे की हवाई चप्पलें वह डाटे रहता। चप्पलें उँगलियों और एड़ियों के दबाव से घिसी होतीं। लगता उँगलियों और एड़ियों ने अपनी जगहें मुकम्मल कर ली हैं जहाँ से उन्हें हिलाया तक नहीं जा सकता।

जिस तरह वह बेतरतीब दिखता, उसका ठेला उतना ही तरतीब से जमा होता। हर सब्ज़ी क़रीने से रखी होती। और सब्ज़ियाँ भी वह ताज़ा ही रखता कि देखके ख़रीदने का मन हो जाए। चाहे फूलगोभी हो, बैंगन, भिंडी या पालक या मूली-शलजम या बथुआ—लगता परिंदे आ बैठे हों जिन्हें वह अपने प्यार-दुलार भरे अन्दाज़ से पुकार-पुकार के कहता—क्या बथुआ है, पूरा फाख़्ता! क्या शलजम है पूरा कबूतर!!! परिंदों को उठा लाया हूँ मालिक! देखो तो सई कैसे चहचहा रहे हैं!!! उसकी पुकार का अन्दाज़ इतना नफ़ीस-प्यारा था कि कॉलोनी में घुसते ही लोग घरों से निकल पड़ते। लम्बी डोरी का तराजू था जिसकी दाँड़ी स्टील की तरह चमकती। तराजू के दोनों पलड़े अल्युमीनियम के थे और ख़ूब साफ़। लगता रगड़ के

माँजे गये हों। बटखरे भी काले और चमकते दीखते जैसे अभी-अभी ख़रीद के लाए गये हों।

सब्ज़ी तौलते वक़्त वह गहकियों से कहता—मालिक, एक तो सब्ज़ी अव्वल दर्ज़े की मिलेगी, दूसरे कम तौल की नहीं होगी। कोई शिकायत हो तो इत्तला भर कर दें, पैसे पूरे वापिस। और आप सब्ज़ी कूड़े में डाल दें।

हम इस कॉलोनी में नये-नये आए थे। नुक्कड़ के हीरालाल के मकान में पहली मंज़िल पर रहते थे। आठ-नौ बजे सुबह पत्नी को ठेलेवाला दूर से आता दीख जाता। मानो वह उसका बेसब्री से इन्तज़ार कर रही हों, इसलिए उसके नीचे आते ही धड़-धड़ लोहे की सीढ़ियाँ फलाँगती उस तक जा पहुँचतीं।

पत्नी को देखते ही वह कहता—मैडम, कौन-सा पंछी चाहिए?

पत्नी मुस्करातीं, कहती कुछ नहीं।

एक दिन उन्होंने कहा—आप सब्ज़ीवाले कम शायर ज़्यादा लगते हो!

इस पर वह शरमा गया, हलका मुस्कराया, दाढ़ी पर हाथ फेरा, बोला—मैं शायर-वायर कुछ नहीं। हाँ, अपने धन्धे को शायरी की तरह लेता हूँ और इसी तरंग में पूरा दिन काट देता हूँ। अगर ये शायरी न हो तो मैं कब्रिस्तान में जा लगूँगा। यकायक वह झुककर एड़ी खुजलाने लगा और तिरछी नज़रों से देखता आगे बोला—हर इंसान को शायर होना चाहिए।

पत्नी ने कहा—बथुआ कैसे दिया?

वह बोला—फाख़्ता?

पत्नी ने मुस्कराकर कहा—नहीं बथुआ!

वह बोला—नहीं फाख़्ता। वह हँसा—एक दूँ, दो या तीन?

उसने तीन फाख़्ते थैली में डाले। पत्नी ने दस का नोट दिया। उसने लकड़ी के छोटे-से बक्से से एक का सिक्का निकाला और पत्नी की तरफ बढ़ाया।

न-न-नहीं चाहिए—पत्नी ने गर्दन हिलाते हुए कहा—पूरे तो हो गये भाई जान!

नहीं मैडम, अपन न एक पैसा ज़ादा लें और न ज़ादा दें। जो वाजिब है वही लूँगा—कहकर उसने पैसा वापस कर दिया।

उसके इस साफ़-सुथरेपन की वजह थी कि कोई उससे मोल-भाव नहीं करता था। सब उससे आदर-लिहाज़ से बात करते और वह इससे कहीं ज़्यादा आदर-लिहाज़ में रहता। अदब उसमें जैसे कूट-कूट के भरा गया हो।

उसके इस गुन के कारण पत्नी अकसर उसकी प्रशंसा करती रहतीं। मुझे उसकी एक-एक बात बतातीं। मैं बोलता कुछ नहीं, मुस्कराता रहता।

फरवरी का कोई दिन रहा होगा जब वह नीम के नीचे आ खड़ा हुआ। पत्नी सब्ज़ियों का मुआयना—सा कर रही थीं कि कौन-सी सब्ज़ी ली जाए।

वह उदास-सा दीख रहा था। उसने आज नहीं पूछा कि कौन-सा परिन्दा दूँ, मैडम?

पत्नी को उसकी उदासी टीस गयी, अपने को रोक नहीं पाईं, पूछ बैठीं—आज आप पंछी नहीं बेच रहे हो? लगता है कुछ गड़बड़ हुई है आपके साथ?

उसने गहरी साँस ली जैसे भारी तकलीफ़ में हो और उसी के दबाव में रह-रह सिर झटकता जाता था।

—क्या बात है भाई जान? मुझे नहीं बताएँगे?

पत्नी के इस अपनापे पर उसकी आँखों से झर-झर आँसू बह पड़े। फड़कते होंठों से बोला—मैं... मैं कहीं और चला जाऊँगा। क्या करूँ! लाचारगी के भाव में उसने कन्धे ढीले छोड़ दिए।

क्यों, क्या हुआ ऐसा? पत्नी का सवाल था आहत-सा।

उसने कुर्ते से नाक पोंछी, फिर गहरी साँसें भरने लगा।

पत्नी के दुबारा आग्रह पर वह बोला—धन्धा करना मुश्किल हो रहा है मैडम! आप जानती हैं, घोड़ानक्कास में जहाँ रहता हूँ, वहीं पास की कॉलोनी का एक बदमाश है और वो अच्छे बड़े घर का है, जीना मुहाल किए है।

अरे! पत्नी गहरे अफ़सोस में डूब गयीं, फिर बोलीं—क्या कह रहा है वो?

यही कि दस हज़ार रुपये, एक बोरी प्याज, दो बोरी आलू और एक बोरी लहसन घर पहुँचाओ, नहीं बो गत बनाऊँगा कि रोते नहीं बनेगा—वह क्षण भर को रुका, खाँसने लगा, फिर आसमान की ओर ताकता, दोनों हाथ ऊपर की तरफ उठाता बोला—अल्लाताला गवाह है जो मैं तनिक भी झूठ बोलूँ। किसी तरह रोटी चल रही है। गिनी बोटियाँ नपा शोरबा मेरे सीगे में आता है। न किसी के लेने में, न देने में—किसी के आड़े ग़लती से भी नहीं आता। बावजूद इसके वो बदमाश धमकियाँ दे रहा है... परसों बोला था कि पहुँचा दे सामान, मैंने कोई जवाब नहीं दिया तो कल सुबह झोपड़े में आ पहुँचा। कहने लगा—मैंने कुछ कहा था... मैंने उसका कोई जवाब नहीं दिया तो बोला, ढेरों पान की गन्दी पीक दरवाज़े पर उगलता—ये तेरे दो छोकरे जो सो रहे हैं, अगर मेरे घर सामान नहीं पहुँचाया तो ये सोते रह जाएँगे! जान ले। मैंने कहा—आख़िर, आप ऐसा क्यों कह रहे हैं? मैं ग़रीब-गुरबा, कहाँ से इत्ता सामान और रुपये लाऊँ मालिक! कोई उठाईगीरा तो हूँ नहीं!!! तो वह बोला—हरामजादे, तुझसे जो कहा जा रहा है, कर, नहीं, जिबह कर डालूँगा सबको... साला लाखों कमा रहा है, मुफ़्त की झोंपड़ी में रह रहा है, पानी लैट फ्री, सब कुछ फ्री... कहते-कहते वह पल भर को रुका, फिर बोला—सच कहूँ मैडम, यकायक मुझे

गुस्सा आ गया, तराजू पटकते हुए मैंने तनकर छाती पर मुक्के मारते हुए कहा—तुम्हारा कोई धरम है या नहीं, इस पर उसने मेरी दाढ़ी पकड़ ली। ज़ोरों से हिलाता, बोला—यही धरम है मेरा! जो कहा जा रहा है कर, नहीं धरम को चाटता फिर... वह धारदार आँसुओं के बीच रो पड़ा।

पत्नी का गला रुँध गया था। कुछ बोलें कि वह आगे बोला—जिसने धमकियाँ दी थीं कल शाम को चुपके से मैं उसके दरवाज़े जा पहुँचा। बाप से बात की। सोचा कि बाप शायद मामला निपटवा दे, लेकिन बाप तो ख़ुद लड़के से परेशान है। मेरी पीठ पर हाथ धरता बोला, मियाँ, इत्ता कमीन लड़का भगवान किसी को न दे। घर में कोई कमी नहीं है लेकिन वह इत्ता गन्दा ऐय्याश हत्यारा निकल गया है कि कुछ कह नहीं सकता। सब बरबाद कर डाल रहा है। मेरा जीना दूभर किए है, रोज़ दस-बीस हज़ार उसे चाहिए, रोज़ दारू मुर्गा। काम-दन्द कुछ नहीं, बस जान पर तुला रहता है—मैं उसके सामने नहीं आता, भगवान की कृपा से उसके आसरैत नहीं। नहीं तो क्या करता—कह नहीं सकता। बस अब यही है कि किसी तरह जान बचा रहा हूँ। आप जानते हो वह आए दिन मुझे माँ-बहन की गालियाँ देता है। मादर... चूतिया चूतिया क्या नहीं कहता, पता नहीं किस संगत में, बदमाशों के साथ है, किसी की नयी गाड़ी मार लाया है, उस पर चलता है, पचासों लोगों को सता रहा है। उससे पैसा मार, इससे पैसा मार, उसको धोखा, उसको अड़ी। देर रात आता है चीख़-गुहार, हे भगवान...

पत्नी बोलीं—तुम पुलिस में ख़बर करो, ऐसा थोड़े है कि कोई कुछ भी करे... उसका राज है क्या?

गहरी साँस छोड़ता यकायक वह कहीं खो-सा गया फिर जैसे अपने को सँभाल लिया हो, हलका मुस्कराया, हाथ जोड़ता बोला—मैडम, आपको जबरन दिक में डाल दिया मैंने। आप निशाख़ातिर रहें। मैं उस बदमाश से डरनेवाला नहीं, जान चली जाए लेकिन झुकूँगा नहीं उसके आगे...

सब्ज़ी लेनेवालों की आमद बढ़ गयी थी, इसलिए बात यहीं ख़त्म हो गयी। पत्नी रंज में डूबी सीढ़ियाँ चढ़ती ऊपर आ गयीं। सारी बात मुझे कह सुनाई। मैं भी ग़म में डूब गया।

थोड़ी देर तक उसके तराजू बटखरे की आवाज आती रही, फिर सब शान्त। मैंने नीचे देखा, नीम के नीचे यादव जी का नीले रंग का स्कूटर खड़ा था।

दूसरे दिन सुबह पत्नी उसका बेसब्री से इन्तज़ार करती रहीं। वह दूर से आता दिखा तो उनमें जान-सी आई। झटपट सीढ़ियाँ उतरती उस तक पहुँचीं। वह बुझा-बुझा-सा था, चमकती आँखें भय से सिकुड़ी, मुर्दार लग रही थीं, पनियाई-पनियाई।

पत्नी ने पूछा—ख़ैरियत तो है भाई जान?

वह बोला—क्या ख़ैरियत है, आपने कहा था, पुलिस से मिलो, टी.आई. घुरैया से मिला तो वह बोला, मुझे मुश्किल में मत डालो, वो साला तो मुझ पर अड़ी डाले रहता है। एक दिन तो उसने मेरी गर्दन ऐसे पकड़ ली मानो तोड़ डालेगा...

पत्नी अफ़सोस में सिर झटक रही थीं कि वह बोला—एक अरदास है आपसे मैडम, आप कर दें तो ताज़िन्दगी शुक्रगुज़ार रहूँगा...

पत्नी ने कहा—अरदास नहीं, जो कर सकती हूँ, करूँगी, आप तो बोलें, मैं जो होगा करूँगी। नहीं तो इनसे कहूँगी। पत्नी ने मेरी ओर संकेत किया था।

वह बोला—मेरी घरैतिन तो परसाल गुज़र गयी थी। दो बच्चे हैं। एक पाँच साल का, एक तीन का। मुझे उनकी फिकर है, उनका क्या करूँ? आप अपने गेराज में रख लें कुछ दिनों के लिए, मैं इधर-उधर हो जाता हूँ, फिर देखता हूँ क्या होता है, जो ख़र्चा-पानी होगा, मैं दूँगा, आप इसकी चिन्ता न करें। बच्चे गऊ से भी सीधे, मेमने हैं, कुछ दे दो तो खा लेंगे नहीं खेलते रहेंगे... चुप सो जाएँगे...हट्ट! पता नहीं कहाँ से अचानक ठेले के पास बकरी आ गयी थी जो मैथी पर मुँह मारने ही वाली थी कि तभी उसने उसे देख लिया। वह सपाटे से चीख़ता हुआ उसकी ओर लपका हाथ फटकारता—इन बकरियों के मारे तो और आफ़त है, फिर पत्नी की ओर देखते, अपने ट्रैक पर आते बोला—असल में उस हत्यारे के आगे मेरे साथ कोई है नहीं, सब कन्नी काट रहे हैं, नहीं बताता, एक लपाटे में ज़मीन चटा दूँ, लेकिन माजूर हूँ...

पत्नी ने कहा—बच्चों को छोड़ जाओ, ख़र्चे-पानी की कोई बात नहीं, भगवान का दिया बहुत है—लेकिन मैं सोचती हूँ आप फिक्र न करें, कुछ नहीं होगा, बो ऐसई धमकी दे रहा है, कुछ कर नहीं सकता...

वह बोला—मैडम, आपको नहीं पता है, घुरैया ने तो ऐसी ऐसी बातें बताई हैं कि क्या कहूँ, लेकिन फिर भी देखता हूँ साले को—मैं डर ज़रूर रहा हूँ लेकिन झुक नहीं रहा...

थोड़ी देर तक वह लोगों को सब्ज़ियाँ देता रहा। पत्नी वहीं खड़ी रहीं। जाते-जाते उसने पत्नी की ओर कातर-दृष्टि से देखा जैसे बच्चों के बारे में फिर से कुछ कहना चाह रहा हो; लेकिन बोला कुछ नहीं। ठेला धकाता आगे बढ़ गया था।

पत्नी मुरझाई शक्ल लिये धीरे-धीरे सीढ़ियाँ चढ़ती ऊपर आईं। जब वे उसकी बातें बता रही थीं, उनकी आँखें गीली, गला रुँध-रुँध रहा था।

सब्ज़ीवाले को गये एक माह से ऊपर हो गया है, वह लौटा नहीं। पत्नी रोज़ाना सुबह छज्जे पर खड़े होकर उसका इन्तज़ार करतीं। आख़िर में निराश हो जातीं, कहतीं—सुनो जी, कहीं कुछ गड़बड़ तो नहीं हो गया भाई जान के साथ! बदमाश

उन्हें धमकियाँ दे रहा था, ज़रूर कुछ अनर्थ हो गया, नहीं इत्ते दिनों में कभी तो दिखते...

मैं पत्नी को दिलासा देता लेकिन इसका उन पर कोई असर न होता।

लेकिन इधर पाँच-छे दिन से तो वे ज़्यादा हैरान-परेशान हैं, कहा जाए कि बेचैन हैं। किसी ने, शायद यादव जी के किसी पट्टीदार ने उन्हें यह ख़बर दी कि भाई जान और उनके दोनों बच्चे झोपड़े में मरे मिले, पता नहीं किसने उनकी जानें ले लीं... इस ख़बर से पत्नी का सुख-चैन उड़-सा गया है। जैसे सगे की मौत हो गयी हो। हज़ारों बार भाई जान की बातें करके रो चुकी हैं। ऐसे हालात में उनसे घर का काम भी नहीं हो पा रहा है। दाल बनाती हैं तो नमक डालना भूल जाती हैं। ऑफ़िस का लंच बाक्स लगाती हैं तो पराठा तो रख देती हैं सब्ज़ी अचार रखना भूल जाती हैं। ख़ुद भी ठीक से खा-पी नहीं रही हैं। ढंग से नहाना-धोना नहीं हो रहा है—घर की भी हालत बदतर होती जा रही है। मेरे कहे का उन पर कोई असर नहीं।

कुछ दिन तो ऐसई चलता रहा; लेकिन अब मैं परेशान हो उठा हूँ। बर्दाश्त के बाहर हो रहा है सब! मुझे चिढ़-सी उठ रही है। अब आप यह देखिए, यादव जी के साथ घोड़ानक्कास गयी हैं, भाई जान की ख़बर लेने। पता लगाने कि बात सच है या किसी ने उड़ा तो नहीं दी! अभी तक लौटी नहीं हैं। मुझे ऑफिस जाना है। साढ़े ग्यारह हो रहे हैं। कई दिनों से क्रास लग रही है, उसके पैसे कटेंगे और पत्नी का हाल ये है कि इसकी ज़रा भी चिन्ता नहीं। कब आएँगी, कब खाना बनेगा, कब खाऊँगा, कब ऑफिस जाऊँगा। पास में तो है नहीं, दस किलोमीटर जाना होगा। वह भी भारी ट्रैफिक के बीच! जाम लग गया तो गये काम से। क्या करूँ, हे भगवान...

मैं कमरे से अन्दर-बाहर हो रहा हूँ। सड़क की तरफ ताक-ताक के झल्ला उठा हूँ। नीचे भी हो आया। माईं से पूछा तो बोलीं, काहे परेशान होते हो, आ जाएँगी, इन्हें भी तो ऑफिस जाना है... ये तो एक बजे से पहले निकलते ही नहीं और तीन बजे फिर घर...

अब मैं क्या जवाब देता। माईं हैं कि कुर्सी डाल देती हैं—लाला जी, बैठो तो सई, मगोड़े बनाए हैं खा के तो देखो, तुम्हारे यादव जी तो आज रोटी नहीं खाएँगे, बस मगोड़े ही खाएँगे।

मैं बिना जवाब दिए सीढ़ियाँ चढ़ने लगता हूँ—भयंकर गुस्सा सवार है सिर पर।

एक घंटा और बीत गया। ऑफ़िस से चार-पाँच फ़ोन भी आ गये कि साहब याद कर रहे हैं, ज़रूरी फाइल उन्हें चाहिए, मन्त्रालय लेके जाना है...

गाड़ी की चाबी लेके ऑफिस निकल जाने के लिए मन बना ही रहा था कि

सीढ़ियाँ बजीं। ज़ाहिर था कि पत्नी आ गयीं।

मैं भयंकर झल्लाया हुआ था। पत्नी की आँखें गीली, चेहरा उतरा हुआ था। लगता था जैसे रास्ते भर रोते हुए आई हों।

मैंने चीख़ के कहा—मैं ऑफ़िस निकल रहा हूँ, तुम मातम मनाओ...

पत्नी बोलीं—ज़ालिमों ने भाई जान और उनके बच्चों को मार डाला, कित्ते गन्दे लोग हैं—कहते हुए वे रो पड़ी थीं।

अब मुझसे रहा न गया, अलफ होकर चीख़ पड़ा—तू तो ऐसे रो रही है जैसे तेरा ख़सम मर गया हो... कमीन कहीं की नीच...

पत्नी को भरोसा न था—मैं इस हद तक जाऊँगा और ऐसा अश्लील व्यवहार करूँगा।

मेरे व्यवहार ने उन्हें हिलाकर रख दिया। पहले वह सिर थामे बैठी रहीं जैसे बेपनाह दर्द उठा हो, फिर यकायक मेरे सामने आ खड़ी हुईं मानो मुझे फाड़ डालेंगी। मेरे मुँह के आगे दोनों हाथ चमकाती बोलीं—हाँ, मेरा ख़सम मर गया है। ख़सम!!!

मैं स्वयं कल्पना नहीं सकता था कि ऐसा व्यवहार करूँगा। मैं बहुत-बहुत लज्जित था, अपनी ही नज़रों से गिरा हुआ...

शिकंजा

क़स्बे में सर्कस आया था और मन्नू कुठरिया में बन्द था। बन्द किया था उसके बाप ने। और वह भी भारी मार-पिटाई के साथ।

लेकिन कुठरिया में बन्द किये जाने और पीटे जाने का उसे उतना दुख और रंज न था जितना इस बात का हुआ था जब सर्कस के गेट कीपर ने उसके साथ क्रूर बर्ताव किया जो किसी भी माने में भूलने और क्षमा के योग्य न था... इस घटना ने उसे हिलाकर रख दिया। वह रो रहा था और उसके आँसू थमने का नाम नहीं ले रहे थे।

बात यों है कि क़स्बे में जबसे सर्कस लगने की बात फैली, मन्नू में दीवानगी भर गयी थी। सर्कस लगने की ख़बर भर से वह दीवाना था। जब सर्कस का बड़े-से मैदान में, सामान गिरने लगा, बड़ा-सा आसमान जैसा तम्बू क्रेनों के शोर में हज़ारों कामगारों की मदद से उठाया जाने लगा, हाथियों की चिंघाड़, घोड़ों की हिनहिनाहट, शेर-चीतों के गर्जन से क़स्बा गूँजने लगा—मन्नू अपना होशोहवास खो बैठा। वह लोहे की चद्दरों के घेरे के बाहर से सर्कस के शुरू होने का बेसब्री से इन्तज़ार करने लगा।

दिन भर वह घेरे के बाहर मँडराता और शाम को आँगन में खरैरी खाट पर बिना रोटी खाए आ लेटता और शेर-चीतों-हाथियों के गर्जन को अपने अन्दर महसूस करता। अँधेरा घिरते ही सर्कस की सर्चलाइट घरों की मुंडेरों, पेड़ों की पुलुइयों से होती हुई आसमान में अपनी विशाल जीभ लपलपाती—वह सोचता, सर्चलाइट का यह कौन-सा खेल है जिसने पूरे क़स्बे और उसके आस-पास के गाँवों को अपनी रोशनी के उल्लास में भर रखा है कि सर्कस शुरू होने से पहले ही हज़ारों-लाखों की भीड़ मैदान की तरफ दौड़ पड़ी है...

मन्नू जानता था कि सर्कस देखने भर के पैसे उसके पास नहीं हैं, चाहकर भी माँ उसकी ख़्वाहिश पूरी नहीं कर सकती कि बाप चाय की दुकान पर दिन भर खटने के बाद भी पेट, सिर्फ पेट किसी तरह पाल रहे थे, ऐसे में सर्कस...

वह दुखी हो जाता। करवट बदलता। माँ खाट के नीचे थाली रख जाती। वह उसकी तरफ न देखता। थाली वैसी ही पड़ी रहती। बाप दुकान से थके-हारे लौटते। इसके पहले ही माँ कुड़कुड़ाते हुए थाली उठा लेती, इस डर से कि कहीं बाप थाली देख के बिफर न पड़ें। माँ मन्नू के अन्दर चल रहे तूफ़ान को जानती थी लेकिन कुछ भी करने को लाचार थी। गहरी साँस ही उसका सहारा थी।

जिस दिन सर्कस का शुभारम्भ हुआ, आतिशबाज़ी के साथ कलाकारों, हाथी, शेर-चीतों, घोड़ों, ऊँटों के सलामी जुलूस के बाद जब बड़े-से जाल के ऊपर कलाकार कई दिशाओं से सैर करनेवाले झूलों से करतब दिखाते हुए कूदे, उन्हीं के साथ रंगीन चेहरा लिये, सिर पर लम्बी छतरीनुमा टोपी फँसाए, नाटे और लम्बे क़द के जोकर होल्डार जैसे ढीले रंग-बिरंगे कपड़ों में उन्हीं की नकल करते हुए हास्य बिखेरने लगे तथा साजिन्दों ने बड़े-बड़े ड्रमों पर मुगरी मारते हुए झाँय-से संगीत की झनकार छोड़ी—लोगों का उल्लास देखते ही बनता था।

मन्नू प्राइमरी स्कूल के आम के विशाल दरख़्त की डाल पर कई सारे जवान और बच्चों के बीच किसी तरह फँसा, यह दृश्य देखते हुए मगन था कि उसे नीचे खड़े बाप दिख गये जो उसे ढूँढ़ते हुए यहाँ तक आ पहुँचे थे। वे बेपनाह गुस्से में थे। उन्होंने मन्नू को इतिहास का एक पाठ याद करके शाम को सुनाने को कहा था। इसीलिए काम छोड़ के जब वे दुकान से घर आए मन्नू को न पाकर गुस्से से भर उठे। उन्होंने तै कर लिया था कि आज उसे वे पाठ सिखा देंगे। इसी लिहाज़ से उन्होंने मन्नू से जो पेड़ से भयभीत-सा उतर आया था, पूछा—पाठ याद किया?

मन्नू की चुप्पी ने जो जवाब दिया, उसके जवाब में उन्होंने उसकी जो पिटाई की, मन्नू के लिए एक सबक थी। यही नहीं, बाप ने उसे अन्धेरी कुठरिया में ढकेल दिया और बाहर से कुंडी चढ़ा दी—यह कहते हुए कि पढ़ाई-लिखाई गयी चूल्हे में, सर्कस देख रहा हरामखोर! देख सर्कस! गन्दी गालियाँ देते हुए उन्होंने लोहे का ज़ंग-खाया ताला जड़ दिया, उसकी चाबी धूल से भरे आले में फेंकी और पत्नी से कहा कि तूने ही इसे बरबाद किया है, अब इसे कुठरिया में बन्द रहने दे, नहीं तो बाँस बजा दूँगा... बाप बाहर निकले ज़ोरों से यह कहते कि दुकान बढ़ा के आता हूँ फिर बताता हूँ कि सर्कस क्या होता है? हरामखोर, नीच...

बाप के बाहर जाते ही मन्नू उठ बैठा। उसे बेतरह गुस्सा आ रहा था बाप पर जो घर में तो उसे अकसर पीटता ही रहता था, आज तो हद कर दी, बीच सड़क पर पीटा। उसे गन्दी गालियाँ दीं, उसकी माँ को भी कहीं का नहीं छोड़ा। कैसा बाप है यह! क्या किया मैंने? यही कि समय पर उसका दिया सबक याद नहीं किया और हमेशा जो कहता वह कर देता था, फिर आज क्यों? यह तो हद है? सर्कस देखने क्या चला गया, वह भी पेड़ पर चढ़के देख रहा था? न पैसा माँगा, न रुपया?

माँगता तो पता नहीं क्या करता। साला! कमीन!! उसने गुस्से में बाप को गन्दी गालियाँ दीं और दीवार पर ज़ोरों से थूका। फिर पता नहीं क्या हुआ कि उसे मलाल ने घेर लिया—उसे बाप को गालियाँ नहीं देनी चाहिए। बाप मारता-पीटता है तो सिर्फ इसलिए कि मैं बिगड़ूँ नहीं। गलत सोहबत में न फँसूँ? दरअसल, बाप अपनी कड़ी मेहनत से परेशान है, इसलिए कहीं का गुस्सा कहीं उतारता है। मुझे उसे माफ़ कर देना चाहिए। उस पर गुस्सा नहीं करना चाहिए...

यह सोचते-सोचते उसकी आँखों में आँसू आ गये और वह रोने लगा।

यकायक उसे लगा कि दरवाज़े के पास माँ खड़ी है जो शायद उसकी टोह ले रही है।

बात सच थी। दरवाज़े की सन्ध से माँ झाँक रही थी और फुसफुसा रही थी कि रोटी खा ले, बना के लाई हूँ। सकपैता का साग भी है, साग तुझे पसन्द है न, गुड़ भी लालवाला, ले, खा ले...

वह कुछ नहीं बोला। माँ ने दरवाज़े के नीचे से थाली उसकी ओर सरकाई।

ग़ुस्सा दिखलाते हुए उसने थाली वापस माँ की ओर सरका दी।

माँ ने फिर सरकाई तो उसने फिर लौटा दी।

दो-चार बार ऐसा होता रहा। पाँचवीं बार जब मन्नू ने थाली सरकाई तो माँ नाराज़ हो गयी—भाड़ में जा! खाओ न खाओ। जैसा बाप वैसा बेटा। दोनों एक-से टेढ़े-अकड़फूँ। किसकी-किसकी गुलामी करूँ!!

मन्नू का दिल कचोट उठा। नाहक उसने माँ का दिल दुखाया। यकायक उसका मन हुआ कि माँ को आवाज दे और कहे—तू परेशान न हो, ला मैं रोटी खा लेता हूँ!

उसने आवाज देनी चाही, लेकिन मुँह से आवाज न निकली।

माँ रसोई में थी, बर्तन घिस रही थी। रात के गन्दे बर्तन वह रात में ही धो लेती थी। काफ़ी रात गये बाप आते तब तक वह एक नींद ले लेती थी। बर्तन घिसकर वह दालान में पड़ी खाट पर लेट गयी। आँगन के घिरौंदे पर मद्धिम जल रही लालटेन की पीली रोशनी में दिख रहा था—माँ माथा खुजला रही थी। शायद मच्छरों ने उसे घायल कर रखा हो। पैर में भी मच्छरों का हमला था तभी वह बाध से एड़ियाँ रगड़कर खुजाल मिटा रही थी। पैर पर कम्बल डालकर थोड़ी देर में वह खर्राटे भरने लगी। माँ मिनटों में सो जाती थी।

मन्नू ने गहरी साँस ली। यकायक उसे अपने मुँह में ख़ून के खारेपन का एहसास हुआ। ज़ाहिर था—पिटाई से एक दाँत ऊपर के होंठ में घुस गया था जिसमें इस वक़्त टीस उठ रही थी। उसने हथेली से चोट खाये हिस्से को दबाया। गुस्से के हवाले होते हुए उसने बदन के जो सारे कपड़े उतार फेंके थे, यह सोचते हुए कि

कड़ाके की ठंड में वह जान दे देगा, तब पता चलेगा बाप को कि बेवजह पिटाई का नतीजा क्या होता है... वह कपड़ों की ओर देखने लगा।

उसने कपड़े उठाये और पहनने लगा। सन्ध से उसने माँ को देखा जो करवट लेकर सो रही थी। इस वक़्त खर्राटे शान्त थे।

माँ यही कोई चालीस साल की होगी, लेकिन शक्ल-सूरत से पचास के ऊपर की दिखती। बदन पर माँस का नाम न था, हड्डियाँ ही हड्डियाँ थीं, नीली नसों से भरी। मुँह पतला, लम्बा, माथा छोटा, आँखें पनीली, डब-डब करतीं। सीना धँसा। दूध पूरी तरह ग़ायब। बाल खिचड़ी, रूखड़, काली डोरी से बँधे थे जिसमें बाल कम डोरी ही डोरी दिखती थी। हाथ की उँगलियाँ लम्बी-लम्बी और हँड़ीली थीं।

बाप का ध्यान आते ही यकायक मन्नू की आँख लग गयी। ठंड से जब नींद खुली, देखा—बाप आ गये थे। दालान में बोरे पर पालथी मारके बैठे खाना खा रहे थे। सामने माँ बैठी थी थाली में दाल-रोटी डाल देने के इन्तज़ार में। बाप काफ़ी देर तक चपर-चपर खाना खाते रहे। कभी मुँह ऊपर करते, कभी नीचे। मौन। माँ मौन। बाप कुठरिया की तरफ देखते जिसमें उसका बेटा, क़ैद है जिसने आज खाना नहीं खाया—पीटे जाने के कारण—यह सोचकर बाप आहत हो उठे हैं लेकिन वह ऐसा ज़ाहिर होने नहीं दे रहे हैं। माँ भी आहत है लेकिन चुपाई लगाए बैठी है...

पानी पीकर बाप ने पत्नी से छिपकर मन्नू के लिए थाली में खाना रखा और कम्बल उठाया। थाली नीचे से अन्दर सरकाई और बनावटी गुस्से में दरवाज़ा भड़भड़ाकर कहा—चुपचाप खाना खा ले! कम्बल पड़ा है, नीचे से खींच ले...

सुबह जब मन्नू की नींद टूटी, कुठरिया उजास से भरी थी। बाप तो मुँह-अँधेरे दुकान पर चले जाते थे और माँ रसोई के काम में लग जाती थी। इस वक़्त माँ क्या कर रही है—मन्नू ने सोचा और सन्ध से झाँका—

माँ आँगन के एक कोने में जहाँ कंडैल का पेड़ है, बम्बे के सामने बैठी नहा रही थी। इस वक़्त वह पेटीकोट पहने है। नाड़े की गाँठ को दाँतों में दाबे वह बदन पर पानी डाल रही है। ज़्यादा पानी वह ख़र्च नहीं करती। सिर्फ चार-छे मग्गे से उसका काम हो जाता। उसने दो मग्गे पीठ पर डाले और दो छाती पर, एक से दोनों पाँव धोये। खुरदुरे फर्श पर एड़ियाँ रगड़कर वह झटपट उठ खड़ी हुई। पेड़ के नीचे खड़े होकर हलके कम्पन के साथ जैसे ठंड लग रही हो 'ओम नमः शिवाय' बुदबुदाते हुए, क्योंकि यही एक मन्त्र था जिसे वह नहाते वक़्त बुदबुदाती थी, उसने सिर के ऊपर से-पेटीकोट गीलावाला नीचे सरकाते हुए पहना। मुचमुचा ब्लाउज बाँहों से उतारकर आगे छाती पर जोड़ा। चिटपुटिया बटन टाँके, धोती पहनी और कंडैल के पेड़ पर चीखते आ बैठे कौवे को हड़ाती हलका धुआँ छोड़ते चूल्हे के आगे आ बैठी। राख झड़ाकर उसने कनजही लुघरियों पर फूँक मारना शुरू की।

आग जब लहक उठी, वह रोटियाँ बनाने लगी। कटोरदान में दो-चार रोटियाँ होते ही उसने कुठरिया की तरफ देखा जहाँ रात से मन्नू बन्द पड़ा था। रात में उसने खाना भी नहीं खाया था, भूखा सो गया था। इस वक़्त वह उसे रोटी खिलाकर रहेगी चाहे जो हो जाए—इस ख़्याल से उसने ताला खोलकर दरवाज़ा खोला। उसने मन्नू से कहा कि अगर तू रोटी नहीं खाएगा तो मैं भी नहीं खाऊँगी।

—जा, पानी पी, पखाने जा, रोटी तैयार है।

—मुझे भूख नहीं है।

—क्या खा लिया है तूने जो भूख नहीं है।

—जूता!

माँ हँस पड़ी। पान से रँजे उसके दाँत बाहर को निकल पड़े—वह तो तू रोज़ खाता है, अब रोटी खा ले, चल उठ...

चूल्हे के आगे, पाँव के पंजे पर थाली रखे मन्नू ने दाल में डुबोकर पहला कौर मुँह में डाला ही था कि साइकिल खड़खड़ाई। दोनों समझ गये कि बाप आ गये हैं। अधूरा खाना छोड़कर मन्नू ने थाली घिरौंदे के अन्दर सरकार दी और कोठरी में जा घुसा। माँ ने हड़बड़ी में मुस्कराते हुए कुंडी चढ़ाई, ताला चाँपा, आले में चाबी फेंकी और पखाने में घुस गयी।

लौटी तो बाप आँगन में खड़े थे। इशारे से पूछ रहे थे कि मन्नू को खाना दिया?

इशारे में ही रोष में माँ ने जवाब दिया—नहीं! तुमने जो मना किया है।

—कैसी नालायक औरत है, च-च-च!!! बाप अफ़सोस में सिर हिला रहे थे।

—मैं नालायक हूँ तो तुम लायकी दिखाते! क्यों बेवजह बच्चे की कुंदी करते रहते हो...

—अच्छा चुप रह। बहुत बकबका रही है।

—क्यों चुप रहूँ।

गहरी साँस छोड़ते बाप झिंलगी खाट में धँस गये। वह छै फुट लम्बे थे और इन्तहा गोरे। सिर के बाल काले थे और लटियाए। नाक लम्बी थी और टेढ़ी-मेढ़ी। मूँछ-दाढ़ी बेतरतीब बढ़ी हुई। वह जाँघिया पहने थे और रूई की फ़तूही।

सिर झटकते हुए उन्होंने कहा—क्या करूँ। कुछ समझ नहीं आता। मन्नू को सर्कस दिखलाना है। बस दो तीन रोज़ और ठहर जा! मुकुन्द बाबू उधारी देने ही वाले हैं...

मन्नू ने गहरी साँस ली—अब पैसा मिल भी जाए तो सर्कस नहीं जाऊँगा, नहीं जाऊँगा, नहीं जाऊँगा।

बाप ने ताला खोलकर कुंडी खोली तो अन्दर से साँकल कसी थी।

देख लो अब इसकी हरामीपन्ती—बाप ने दरवाज़े पर ज़ोर लगाते हुए पत्नी की तरफ देखा।

—अच्छा तुम दुकान जाओ, मैं मन्नू को समझा लूँगी।

और मन्नू समझ गया था, मान गया था, माँ के समझाने पर नहीं बल्कि अपने जिगरी दोस्त आलोक कोछड़ के समझाने पर।

जिस सर्कस को उसने न देखने की क़समें खायी थीं, उस सर्कस को देखने वह आज शाम को जाएगा। उसका दोस्त उसे अपने पैसे से सर्कस दिखला रहा है—यह बात उसे रोमांचित कर रही है।

आलोक ने कहा—मन्नू ज़मीन पे या पीछे पटिये पे नहीं, बालकनी में बैठेगा जिसमें बड़े लोग बैठते हैं, सुन्दर कुर्सी पर। बस थोड़ा रुकना होगा दस मिनट, मैं अन्दर गया और लौटा फिर टिकट मन्नू का...

—और जो कोई रोके, अन्दर न जाने दे तो—मन्नू ने शंकित होते हुए पूछा।

—इसकी फिकर तू क्यों करता है। हाथ में टिकट होना चाहिए बस। किसी का नाम थोड़े ही लिखा है उस पर। कल पापा के टिकट पर नन्हकू कम्पाउंडर देखके आया।

सुबह के नौ बजे थे। सर्कस की ख़ुशी इस क़दर मन्नू पर तारी थी कि वह उसी के ख़्वाब में डूबा था। लग रहा था जैसे मेले जैसी भीड़ के बीच किसी तरह रास्ता बनाता वह सर्कस के विशाल तम्बू के नीचे आ बैठा है जहाँ बड़े भारी जाल पर कलाकार झूले से कूद रहे हैं। साजिन्दे जलती-बुझती रोशनी के बीच रोमांचक संगीत बिखेर रहे हैं।

माँ ने कहा—बाबू ने जो सबक दिया था, याद कर ले। सर्कस तो पाँच बजे जाएगा। कहीं फिर बाबू का दिमाग़ पल्टा न ले ले...

उसने माँ की बात पर ध्यान न दिया। माँ ने आगे कहा—बाबू की जाँघिया फट गयी है, सिलना है, ले सूई में धागा डाल दे, मुझे तो कुछ सूझता ही नहीं, अन्धी हो रही हूँ...

—एक शो में लाख-एक लोग तो सर्कस देखते ही होंगे... मन्नू माँ की तरफ देखता बोला।

माँ ने माथा सिकोड़ा—मैं कुछ कह रही हूँ कि नहीं...

—लाख लोग नहीं होते? मन्नू फिर ज़ोर से बोला।

—भाड़ में जा तू—माँ झुँझला उठी।

—शाम को जाऊँगा।

माँ हँसी। मन्नू ने उसकी प्यारी ली और कोठरी में घुस गया। ख़ुशी की तरंग

में बहते हुए उसने छत की छड़ पकड़ी और ज़ोर-ज़ोर से झूलने लगा।

शाम को चार बजे जब वह बालों में पानी लगा के टूटे दाँतोंवाले कन्घे से बाल सँवारता हुआ धूल और तेल से चीकट होते लिसलिसे आले में रखे छोटे-से धुँधले आईने में किसी तरह अपने को निहार रहा था, दरवाज़े की साँकल बजी। मन्नू समझ गया—आलोक है। आलोक इसी तरह साँकल बजाता है।

माँ रास्ता रोकती बोली—रोटी खा के जाना, सुबह से तूने अन्न छुआ तक नहीं।

—हट तो तू। आलोक बाहर खड़ा इन्तज़ार कर रहा है।

—करने दे इन्तज़ार।

—अच्छा हट... मन्नू माँ को परे करता बाहर की तरफ भागा।

सामने मुस्कराता आलोक था।

नॉर्मल स्कूल चौराहे से मुड़ते ही सुन्दरलाल पार्क था जहाँ सर्कस अपने वैभव में डूबा था। शेर-चीतों की हुंकार के साथ हाथियों की चिंघाड़ गूँज रही थी।

चारों तरफ लोगों की भीड़ थी। आदमी औरत, बच्चे। बूढ़े भी, जवान भी। कुछ लोग अपने बूढ़े माँ-बाप को काँधे पर लादे आए थे। कुम्भ जैसा नज़ारा था। इसी भीड़ में कचालू बिक रहा था। बच्चों के खिलौने तो कहीं गुड़ की पट्टी। हर तरफ चीख-गुहार थी। लोग खाने के लिए टूटे पड़ रहे थे।

मन्नू टिकट की खिड़की पर लोगों की मारा-मारी देखके घबरा गया, बोला—आलोक, टिकट कैसे मिलेगा, देख रहे हो...

—सब देख रहा हूँ, तू घबराता क्यों है? अपने टिकट के लिए अभी एक आदमी नहीं, देख बो बाल्कनीवाली खिड़की ख़ाली पड़ी है।

आलोक ने खिड़की पर जाकर टिकट ख़रीदा और दोनों सर्कस के विशाल गेट की ओर बढ़े।

सामने आसमान जैसा तम्बू था। हर तरफ बड़े-बड़े हेलोजन, ट्यूब लाइट्स, रंग-बिरंगे बल्बों का जाल। पूरा जादुई खेल था। तम्बू के अन्दर तो सुन्दर झाँकी जैसा दृश्य था। गेट के बाएँ हाथ पर सीढ़ियाँ और जाजिमों पर बैठनेवालों का अन्दर जाने का सँकरा और चक्करदार रास्ता था। रास्ता बड़ी-बड़ी बल्लियाँ बाँधकर बनाया गया था जिनके गेट पर पुलिस जैसी वर्दी पहने गेटकीपर थे जो हाथों में रूल लिये, सिर पर कैप चाँपे अन्दर घुसने को कसमसाती भीड़ को मुस्तैदी से रोके खड़े थे। गेट के दाएँ हाथ पर बालकनी का रास्ता भी सँकरा और चक्करदार था। इस गेट पर वैसी ही धज का बल्कि काफ़ी मोटा गेटकीपर था। यहाँ बीस-एक लोग होंगे जो इत्मीनान से खड़े थे अन्दर जाने के इन्तज़ार में।

आलोक इसी लाइन में लग गया।

सर्कस अभी शुरू नहीं हुआ था, लेकिन अन्दर बैंड बजने की आवाजें उठ रही थीं।

यकायक हरी बत्ती जली और उसी के साथ ज़ोरों से किड़किड़ाती घंटी बजी और अन्दर जाने का रास्ता खुल गया।

सर्कस शुरू हो चुका था। मन्नू नीम की उभरी जड़ पर बैठा आलोक के लौटने का इन्तज़ार कर रहा था।

बैंड अब और ज़ोरों से बजने लगा था और ऐसे-ऐसे वाद्य बीच में बज उठते जिससे रह-रह जंगली जानवरों के चीत्कार का भ्रम होता।

सामने एक लाइन में बीसों ठेले लगे थे जिनमें फुल्की चाट खानेवालों की भीड़ लगी थी। लोग उतावले हो रहे थे और धड़ाधड़ खाये जा रहे थे। मन्नू सोचने लगा, कैसे लोग हैं, देखने आए हैं सर्कस और मन फुल्की में लगा है।

मन्नू सोच रहा था और निगाह उस रास्ते पर थी जिसमें से होकर आलोक आनेवाला है। गेट पर वही काफी मोटा गेटकीपर अभी भी खड़ा था, बड़ा-सा रूल काँख में दाबे, सिर पर कटोरे जैसा हैट लगाए, बल्ली से टिका।

सहसा गेटकीपर टीन की कुर्सी पर बैठ गया। कान में खुसी बीड़ी निकालने लगा। होठों में बीड़ी लगाकर उसने लाइटर चमकाया। बहुत सारा धुआँ उसके चेहरे पर आ घिरा।

यकायक गेटकीपर कुर्सी से उठा और बल्ली से बीड़ी बुझाता अन्दर की तरफ़ तेजी से भागा। शायद किसी ने उसे आवाज दी थी। इसी बीच उस रास्ते से निकलता आलोक दिखा जो तकरीबन दौड़ता हुआ मन्नू के पास आया।

उसने मन्नू को टिकट थमाया और कहा—ले, जा देख सर्कस। मैं घर जा रहा हूँ, माँ इन्तज़ार में होगी।

मन्नू जैसे ही गेट में घुसने को हुआ, अन्दर से अचानक आकर उस मोटे गेटकीपर ने उसे रूल से रोक लिया—कहाँ घुसा जा रहा है भाई! यह तेरी झुग्गी है क्या?

मन्नू ने कड़क आवाज में तनकर कहा—तमीज़ से बात कर।

गेटकीपर माथे पर बल डालकर हैट ठीक से जमाता बोला—तमीज से ही बात कर रहा हूँ, यहाँ कहाँ घुसा जा रहा है?

—तुझे दीख नहीं रहा है—मन्नू रोष में बोला।

—क्या दीख नहीं रहा है?

—यही कि मैं सर्कस देखने के लिए जा रहा हूँ।

—अच्छा, गेटकीपर नाटकीय अन्दाज़ में बोला—तो अमिताभ बच्चन सर्कस

देखने जा रहे हैं और...

—और क्या? मन्नू चीखा।

—यही कि तेरी औकात है सर्कस देखने की, वह भी बालकनी में। चूतिया कहीं का। भाग यहाँ से, नहीं बो लात खैंच के दूँगा चूतड़ पर कि अपनी अम्मा की पोंद से जा लगेगा।

मन्नू चीखा—मुझे औकात बताता है! मैंने टिकट ख़रीदा है बालकनी का, पैसा ख़र्चा है, मुझे अन्दर जाने दे। मैं पेशाब के लिए बाहर निकला था, मुझे तू रोकता काहे को है?

—तेरे जैसे लफन्टूस यहाँ हज़ारों आ खड़े होते हैं, चल फूट यहाँ से कि दूँ लात! गेटकीपर गरजा।

—मार के देख। मैं अपने बाप को बुलाकर लाता हूँ फिर पता चलेगा तुझे...

मन्नू का यह कहना था कि गेटकीपर पगला-सा गया। आँखें लाल करके उसने मन्नू के मुँह पर ज़ोरों का लपाड़ा मारा, कन्धे से उस पर हुमककर वार किया और गन्दी-गन्दी गालियाँ देने लगा—बाप बुलाएगा बहन का... उसकी नौकरी में हूँ...

कन्धे का वार इतना जबरदस्त था कि मन्नू मैदा होती धूल में मुँह के बल गिरा। क्षण भर को समझ में नहीं आया कि अचानक क्या हो गया। फिर यकायक लगा कि वह धूल में औधे मुँह पड़ा है। धूल से कपड़ों का सत्यानाश हो गया है। चेहरा भी धूल से अँट गया है।

यकायक वह गुस्से से बेकाबू हो गया। दौड़कर उसने गेटकीपर के गट्टे में कसकर दाँत जमा दिए।

गेटकीपर ज़ोरों से चीख़ा, इतनी कि दूसरी तरफ के गेटकीपर और सर्कस के दूसरे कर्मचारी उसकी ओर दौड़े-भागे आए। यहाँ तक कि सर्कस का मैनेजर भी वहाँ आ पहुँचा।

अच्छा ख़ासा तमाशा खड़ा हो गया था। हाथ से बेतरह टपकता ख़ून लिये गेटकीपर और धूल से छिबा मन्नू, आँखों में आँसू। रोता हुआ।

मैनेजर को बात समझते देर नहीं लगी। उसने माथा सिकोड़कर मन्नू से पूछा—तेरे पास टिकट है?

—हाँ है!

—तूने ख़रीदा है।

—हाँ, मैंने ख़रीदा है।

—ला दे टिकट।

मन्नू ने टिकट मैनेजर के हवाले किया। मैनेजर ने चश्मा ठीक कर टिकट को उल्टा-पुल्टा, फिर पास आ खड़े हुए टिकट बेचनेवाले बाबू से कहा कि इसकी

जाँचकर बता कि टिकट आज का है या नहीं।

बाबू के हाथ में टॉर्च थी। वह दौड़ा हुआ खिड़की पर गया। थोड़ी देर में वह लौटा। उसने मैनेजर से कहा कि टिकट सही है साब! इसी शो का है। बालकनी का!!!

मैनेजर ने जलती आँखों से गेटकीपर को देखा जिसने मन्नू के साथ बदसलूकी की थी। उसे गहरा अफ़सोस हुआ। रह-रहकर वह सिर हिला रहा था। उसने मन्नू के सिर पर हाथ फेरा और कहा—बेटा, मुझे दुख है कि तुम्हारे साथ हमारे आदमी ने गन्दा व्यवहार किया। इसके लिए मैं तुमसे माफ़ी माँगता हूँ—सहसा उसने गेटकीपर को जलती आँखों से देखा और मन्नू को बालकनी में सबसे आगे इज़्ज़त से बैठाने का हुक्म दिया।

मन्नू सबसे आगे और सबसे अच्छी कुर्सी पर बैठ ज़रूर गया था, लेकिन पता नहीं क्यों, शायद गेटकीपर की बदसलूकी के कारण उसका सारा मज़ा, उत्साह जाता रहा। कहा जाए कि सब कुछ किरकिरा गया था। उसे यहाँ बैठना भी अच्छा नहीं लग रहा था। लगता था जैसे गहरे अन्धे कुएँ में डूबा चला जा रहा हो। पता नहीं किस साइत में सर्कस देखने की इच्छा पाली कि सब बरबाद हो गया...

कि तभी ज़ोरों का जबरदस्त शोर उभरा।

मन्नू ने सामने देखा।

सामने गोल दायरा था लोहे के जंगले से घिरा। रोशनी इतनी कि उजाला मात खा जाए। गोल दायरे के बीचोबीच एक ऊँची-सी गोल मेज़ थी जिस पर एक लड़की खड़ी थी। लड़की चड्डी और ब्रॉ भर पहने थी। उसके होंठ चटख लाल थे। लड़की के सिर पर सिर टिकाए एक दस साल की लड़की लगभग वैसी वेष-भूषावाली टाँगें आसमान की तरफ किए, करतब दिखा रही थी। गोल मेज़ के बग़ल एक दूसरी गोल मेज़ भी थी जिस पर सिर जमाकर ढीला-ढाला लबादा पहने, रंगीन चेहरे का एक जोकर करतब दिखाती लड़की की नकल करते हुए, टाँगें आसमान में लहरा रहा था कि नीचे खड़े एक दूसरे जोकर ने जो निहायत नाटा था, लहरा के चलता था, इस जोकर के करतब को ग़ौर से देख रहा था। यकायक ज़ोरों से चीख़ कर उसने उसके चूतड़ पर बड़ा-सा फटा बाँस मारा कि उसका ढीला-ढाला पाजामा खुल गया और उसी के साथ जोकर गुलाटी खाकर मेज़ के नीचे आ गिरा...

इस दृश्य पर हँसी का जबरदस्त विस्फोट हुआ, तालियों और सीटियों की बमबारी होने लगी...

मन्नू ने देखा-लोग लोट-पोट हुए जा रहे हैं, तालियाँ पीट रहे हैं, ठठा रहे हैं...

इस दृश्य ने मन्नू को ज़रा-भी रोमांचित नहीं किया। उलटे उसे लगा कि फटा बाँस जोकर के नहीं, बल्कि उसे मारा गया है जिसके एवज़ में जनता वाह-वाह कर रही है कि क्या बाँस बजाया है! और ज़ोर का वार होना चाहिए था...

यकायक ज़मीन पर गिरा जोकर गोल मेज़ पर आ गया और सिर के बल खड़ा होकर करतब दिखाने लगा। फटा बाँस मारनेवाला जोकर यकायक फुर्ती से मेज़ पर चढ़ा और उसके पैर पर पैर जमाकर आसमान में टाँगें लहराने लगा।

अट्टहास और सीटियों का फिर से विस्फोट हुआ...

मन्नू ने देखा, कुर्सियों पर उसके अगल-बग़ल और पीछे लोहे के जंगले के चारों तरफ वृत्ताकार रूप में असंख्य लोग जमा थे। कुर्सियों की लम्बी पंक्तियों के पीछे ज़मीन पर बैठे लोगों और उनके पीछे सीढ़ीदार पटियों पर बैठे लोगों का हुजूम था। लोग इतनी बड़ी तादाद में थे कि गिनना असम्भव था।

लोगों के हुजूम से नज़र हटाकर जब मन्नू ने गोल घेरे की ओर देखा—एक निहायत ही नाटा गधा डुगर-डुगर चला आ रहा था। उसकी पीठ पर रंग-बिरंगी शक्ल का नाटा जोकर विभिन्न मुद्राओं में मटकता हुआ खड़ा था। घेरे में दाख़िल होते ही वह गधे को तेज़ गति से दौड़ाने लगा।

हँसी का ज़ोरदार धमाका तब और हुआ जब लम्बे जोकर ने कहीं से प्रकट होकर गधे पर सवार जोकर के सिर पर दौड़कर फटे बाँस का प्रहार किया कि जोकर ज़मीन पर आ गिरा।

इस दृश्य के बाद गोल घेरा ख़ाली था। चारों तरफ संगीत की स्वर-लहरी थी। घोड़े पर सवार शिकारी की वेष-भूषा में एक नवयुवक प्रकट हुआ। घुड़सवार गोल घेरे के बीचोबीच में आया और घोड़े की पीठ पर खड़े होकर पहले उसने जनता को सलामी दी फिर फुर्ती से घोड़े से उतरकर घेरे में ज़ोरदार चक्कर लगाने के लिए घोड़े पर हंटर फटकारे। हंटर की फटकार पर ज़ोरों की आवाज़ हुई जैसी बिजली कड़की हो।

घुड़सवार हैट लगाए, काला चश्मा पहने रह-रह हंटर फटकारता जाता था जिसका असर था कि घोड़ा सरपट, बेपनाह दौड़े जा रहा था। फिर पता नहीं क्या था, घुड़सवार ने मुँह से ज़ोरदार सीटी मारी कि दौड़ता घोड़ा जहाँ का तहाँ स्थिर हो गया। उसने आगे के दोनों पाँव उठा लिये और पिछले पाँवों पर खड़ा हो गया।

यकायक चालीस-पचास घोड़े गोल घेरे में दाख़िल हुए और पिछली टाँगों पर खड़े घोड़े के गिर्द तेज़ी से दौड़ने लगे। रह-रह हंटर की फटकार होती... बिजली कड़कती...

मन्नू को लगा, हंटर की यह फटकार और बिजली की कड़क घोड़ों के लिए नहीं, वरन् उसको, खुद को तंग करने के लिए हैं—यह सोच कर वह परेशान हो

उठा। इसी रौ में उसने आँखें मींच लीं और देर तक मींचे रहा। थोड़ी देर बाद जब खोलीं दृश्य कुछ अलग तरह का था। हंटर चलानेवाले नवयुवक, पता नहीं कैसे उसे गेटकीपर नज़र आया जिसने उसके साथ बदसलूकी की थी।

मन्नू ने यकायक दोनों हाथों से आँखें मल डालीं। यह क्या घपला हो गया है अचानक! दुबारा जब नवयुवक की तरफ देखा तो वह नवयुवक ही था!

मन्नू को दुख हुआ कि कहीं उसका दिमाग़ तो नहीं चल गया।

हंटरवाला नवयुवक गोल घेरे से जा चुका था और उसकी जगह एक ऐसा निशानेबाज़ आ गया जो एक बड़े से बोर्ड के सामने ब्रा और चड्डी में खड़ी नवयौवना के इर्द-गिर्द धारदार चाकुओं की बौछार कर रहा था। नवयौवना मस्तानी अदा में निश्चल और प्रसन्न खड़ी थी और हवा में तेज़ आते चाकू उसके कान के पास, कमर के पास, बाँह के पास, घुटने के पास घप्प से घुस जाते।

मन्नू को यह निशानेबाज़ भी यकायक गेटकीपर में तब्दील नज़र आया!

इसे ताज्जुब ही कहा जाएगा कि इस कलाकार के बाद चाहे साइकिलों पर करतब दिखाते कलाकार हों या हाथियों की सूँड पर या तेज़ गति से बहती मोटर साइकिल पर थोड़ी देर तक वे कलाकार रहते फिर अचानक गेटकीपर में तब्दील हो जाते!

मन्नू घबरा गया। उसकी समझ में कुछ नहीं आ रहा था कि क्या करे? रह-रह कर आँखें मलता और गहरी साँसें छोड़ता।

आख़िर में वह झुँझला उठा। उसी बहाव में यकायक वह कुर्सी से उठ खड़ा हुआ। धीरे-धीरे चलता बाहर की तरफ निकला जिसे देखकर गेटकीपर एक तरफ को खड़ा हो गया। मन्नू ने उसकी तरफ नहीं देखा—उसने जेब से टिकट निकाला और उसको चिन्दियों में बदल डाला।

उसकी आँखों से झर-झर आँसू बह रहे थे। वह जल्द से जल्द घर पहुँच जाना चाहता था।

मुसुआ

(नन्हे शाश्वत के लिए)

गजराज को चमेली बाई की सेवा में लगा दिया गया है।

चमेली बाई बला की हसीन हैं। इतनी कि लोग आह करके रह जाते। ऊँचा माथा, उस पर बड़ी-सी बिन्दी। बड़े-बड़े काले बाल जो लम्बी चोटी की शक्ल में रहते। नाक लम्बी और निहायत ही चिकनी। गाल सेब की तरह लाल और गला—देखते ही बनता था।

जब वो अच्छे से तैयार होकर, चोटी करके और लहरदार, चमकीला और बड़े घेर का घाघरा पहन के मंच पर उतरतीं, लोग दीवाने होकर, चिल्ला-चिल्लाकर उनका स्वागत करते। चमेली बाई झुक-झुक के सबको सलाम करतीं, कहतीं—हमारे स्वागत के लिए तहे-दिल से आप सभी का शुक्रिया!!!

चमेली बाई ने ख़ुद की कम्पनी खोल रखी है जिसमें वे अकेली शाम से लेकर देर रात तक फ़िल्मी और देशी गाने नगाड़े की किर्र के बीच जानमारू अदा में गाती हैं। चमेली बाई हर आदमी से टिकट के रूप में बीस रुपये लेती हैं। और यही उनका जीविकोपार्जन का एकमात्र सहारा है।

तकरीबन चार-पाँच घंटे लगातार चमेली बाई गातीं और उसकी तर्ज़ पर विभिन्न मुद्राओं में नाचती हैं। इसके बाद वो थककर चूर हो जातीं। फिर उनकी उठने की हिम्मत नहीं पड़ती। भयंकर थकान और नींद के बीच वे थोड़ा-बहुत खा लेती हैं, लेकिन उनसे खाया नहीं जाता। उन्हें आराम की ज़रूरत होती है।

गजराज को उनकी सेवा के लिए लाया गया है। वह उनकी सेवा करेगा। हाथ-पाँव टीपा करेगा। पूरा ख़्याल रखेगा ताकि वो खाना तो ठीक से खा लें और दूसरे दिन नाचने लायक़ तो रहें!

लेकिन गजराज को यह काम पसन्द नहीं। चमेली बाई—वह भी बेड़नी, नीच जात का गोड़ टीपना—उसे किसी भी तरह सह्य नहीं लग रहा है। वह

परेशान है, गुस्से में, लेकिन असहाय! दूसरा कोई काम नहीं जो उसे मिल सके...

सुबह जब उसे चमेली बाई की सेवा के लिए लाया गया, चमेली बाई उसे देखकर इन्तहा ख़ुश हुईं। उन्होंने पूछा कि तेरा नाम क्या है?

गजराज ने बताया तो वो चिहुँककर हँस पड़ीं। चोली में भयंकर हरकत हुई और वो देर तक ठठा-ठठाके हँसती रहीं। कहतीं—गजराज नाम है तेरा! गजराज!!! हे भगवान!!! लेकिन तू तो इत्ता दूबर, मरघिल्ला है कि इस नाम की बेइज़्ज़ती हो रही है। मैं तेरा नया नाम रखती हूँ जो कम्पनी में सिक्के की तरह चलेगा। बताऊँ नाम—तेरा नाम होगा—मुसुआ! कहकर वो इतनी ज़ोरों से हँसीं कि गजराज शरमा गया। कट के रह गया।

चमेली बाई थीं कि कहे जा रही थीं, हँसी के बीच-कित्ता सुन्दर नाम है तेरा, मुसुआ! मुसुआ राजा! उन्होंने उरोजों को हाथों की गोलाई में भरा और नाच के यह गाना गाया—

पीले राजा दुधुआ
मोटाय जा बाबू मुसुआ!
पीले राजा...

चमेली बाई गाती जातीं और हँस-हँस के लोट-पोट होती जातीं।

इस बीच उन्होंने गजराज को बाएँ हाथ के दायरे में ज़ोरों से भर लिया और उसके मुँह को अपने दोनों उरोज़ों से भिड़ा दिया और जबरदस्त हँस के कहा—मेरा दूध पिएगा तो मोटाय जाएगा मुसुआ!

गजराज शर्म से गड़ गया। कैसी औरत है! ज़रा भी लाज-हया नहीं। उसे अपने दूधों से लगा रही थी। हे भगवान! कोई देख लेता तो क्या कहता?

लेकिन कहते हैं कि ख़ुदा मेहरबान तो गधा पहलवान! गजराज इस कथन के मर्म को समझ रहा है, अटकी में है, मजबूर। इसलिए चमेली बाई के पाँव टीप रहा है।

कल देर रात तक वह चमेली बाई के मुलायम-मुलायम, नाजुक-चिकने पाँवों को टीपता रहा। चमेली बाई कहती रहीं—तेरे हाथों में दम नहीं मुसुआ! ज़रा ज़ोर लगा के टीप! ज़ोर लगा, हाँ ऐसे। ऊपर ला हाथ और ऊपर और ऊपर... शरमाता काहे को है राजा! मैं कोई बेगानी नहीं, दबा ज़ोर से...

गजराज शरमाता, चमेली बाई कहतीं—शरमाता काहे को है मुसुआ? तेरे तो भाग्य हैं कि तू मेरा गोड़ टीप रहा है, इहाँ लोग गोड़ देखने को तरस रहे हैं, लाखों खरचने को तैयार हैं... हाँ, दबा और ऊपर और ऊपर...

रात को ऊपर तक टीपते गजराज को उतनी शर्म नहीं आ रही थी जितनी कि इस बख़्त आ रही है कि वह पानी-पानी हुआ जा रहा है। दम घुटा जा रहा है उसका।

गाँव का सरपंच टीन की कुर्सी पर बैठा है। सूस जैसा मोटा। गरदन भालू जैसी। हाथ-पाँव भी ऐसे। बड़ी-सी रंग-बिरंगी छींट की पगड़ बाँधे है। धोती पहने है और ऊपर मिरजई। काँधे पर लाल गमछा। पाँव में चमरौंधा-धूल और तेल से अटा। पीतल की चमकती मूठवाली छड़ी टिकाये है वह पाँवों के बीच।

सरपंच ललचाई नज़रों से चमेली बाई को देख रहा है। उसकी आँखों में कामुकता है और चमेली बाई को किसी तरह भोग लेने की ललक! वह बड़ी-बड़ी मूँछों को बाएँ हाथ से मरोड़ा दे रहा है और सोच रहा है कि यह छोकरा कितना भाग्य का बली है जो इसकी टहल में है...

गजराज को लग रहा है कि सरपंच उसे देख रहा है और मन-ही-मन कह रहा है कि साले, तुझे यही काम मिला था करने को, नीच जात के पाँव टीप और उसके बदले में लुकमे तोड़। हद है तेरी जात को। नाक कटा दी तूने। तू तो नीच से भी नीच हो गया है—परम नीच!

गजराज पाँव टीपते-टीपते रुका तो चमेली बाई चिल्ला उठीं—ठीक से गोड़ दबाता क्यों नहीं पापी! ठीक से दबा। ताक़त लगा... ज़ोर से, और ज़ोर से दबा...

यकायक चमेली बाई ने सरपंच से पूछा—मूस में कित्ता दम होता है सरपंच जी?

सरपंच जी की तन्द्रा टूटी। बात वे समझ नहीं पाए। खोखली हँसी-हँसने लगे। छड़ी की मूठ पकड़े वे उँगलियों के पोरों से मूँछों को सहलाने लगे। उन्होंने कहा—बहुत गरमी है। रावटी में ज़रा भी दम नहीं जो ताप रोक ले। अच्छा, चलता हूँ, शाम को भेंट होगी, जय राम जी की!

उस रात गजराज को भयंकर गुस्सा आया। थककर चूर आई चमेली बाई का वह तीन घंटे से गोड़ टीप रहा है, पूरी ताकत से, लेकिन चमेली बाई हैं कि बार-बार चिल्ला पड़तीं कि ज़ोर से टीप! मन भर खाता है, रोटी पे रोटी उड़ाता है, हाथों में ज़रा भी दम नहीं, ज़ोर से टीप!

और वे गोड़ झटकती जाती थीं।

गोड़ झटकना गजराज को उतना नहीं खला और न ही ताने मारना जितनी यह बात खल गयी। उन्होंने दर्द से तड़पते हुए पैर झटका कि पैर उसके मुँह में लगा। गजराज को यह बात साल गयी और वह आगबबूला हो उठा—साली छिनाल, लात मारती है। मैं इत्ती सेवा कर रहा हूँ, जाग-जाग के पैर दबा रहा हूँ उसका फल यह कि लात खाऊँ—साली मुँह पे लात मार रही है... उसने उसे माँ की गन्दी-गन्दी गालियाँ दीं और तै किया कि इस छिनाल को इसका सबक सिखा के रहूँगा। तभी समझ में आएगा कि लात मारने का नतीजा क्या होता है।

और दूसरे दिन गाढ़ी रात में गजराज ने एक ऐसा खेल खेला कि चमेली बाई

की पीठ में धूल लग गयी। उनके प्राण नहों में आ गये। वे ज़ोर-ज़ोर से चिल्ला रही थीं। और लोग थे कि उनका मज़ाक उड़ा रहे थे तालियाँ बजा बजाके।

बात यों हुई कि गोड़ टीपने के बाद गजराज उस रात सो नहीं पाया। पूरी रात जागता रहा, करवटें बदलता रहा। अपमान उसे खाये जा रहा था। एक बेड़नी ने उसका अपमान किया—लात से मारा। यह तो हद है और शर्म की बात! तभी उसे एक बात सूझी। इस बात को वह अमल में लाया। बात यह थी कि एक छछूँदर कई दिनों से उसकी रावटी में छू-छू करती घूम रही थी। छछूँदर काफ़ी मोटी थी और शायद बच्चे जननेवाली थी।

गजराज ने उस छछूँदर को पकड़ लिया और एक मज़बूत सुतली से बाँधकर रावटी के पीछे छिपा दिया। इस ख़्याल से कि रात में जब थकी-माँदी चमेली बाई आएँगी, वह पाँव टीपेगा, वह गहरी नींद में गाफिल हो जाएँगी, तो वह अपना काम कर गुज़रेगा...

और उसने यह काम काफ़ी रात गये अंजाम दे दिया। उसने चमेली बाई का घाघरा उठाया और छछूँदर अन्दर छोड़ दी।

रात के सन्नाटे में भूचाल-सा आ गया।

चमेली बाई बेतरह किकिया रही थीं और आस-पास के लोग इकट्ठा हो गये थे।

नगाड़ा किरकिरानेवाले एक अधेड़ मुच्छड़ ने पूछा—क्या हुआ चमेली बाई? काहे आसमान उठा लिया चीख़ के? क्या हो गया है ऐसा?

चमेली बाई ज़मीन पर पसरी बैठी थीं, निःशक्त बेतरह हाँफ रही थीं। मुच्छड़ को नज़र उठाकर देखा—जवाब नहीं दिया।

मुच्छड़ ने आगे पूछा—क्या हुआ? कुछ तो बताओ?

चमेली बाई बोलीं—कुछ नहीं छछूँदर थी। लहँगे में घुस आई थी।

हे भगवान!!! सभी लोग एक साथ ज़ोरों से हँसे—छछूँदर को वही ठौर मिलना था!

मुच्छड़ ने यकायक गम्भीर होकर रहस्यमयी मुस्कान के बीच पूछा—छछूँदर थी? तो गयी कहाँ?

एक दूसरे नगड़ची ने जो झबरीली मूँछों का अमीर था, ज़ोरदार हँसी में कहा—कहाँ जाएगी? यह समझने की बात है! जहाँ मुकाम होगा, वहाँ जाएगी!!! वह ज़ोर-ज़ोर से हँस के ताली बजा उठा।

सभी लोग ठठा-ठठाके हँस रहे थे।

चमेली बाई शर्म से गड़-सी गयी थीं। बोलती नहीं फूट रही थी उनकी।

गजराज अपनी हँसी छुपा नहीं पाया। उसने ज़ोरदार ठहाका लगाया।

शर्म

कीचड़ भरा रास्ता किसी तरह पार करता जब मैं उस औरत के झोंपड़े के सामने पहुँचा तो वह झोंपड़े के बाहर पटे पर बैठी, छोटे-से पत्थर पर बर्तन घिस रही थी। हाथ उसके राख से रँजे थे। धोती घुटने के ऊपर चढ़ी थी और दोनों पाँव हवा भरे साइकिल के ट्यूब की तरह चिकने और चमकदार लग रहे थे। हलके सुनहरे बारीक बाल घुटनों के नीचे से शुरू होकर पायल के घेरे तक चले गये थे। पटे पर वह एड़ी चढ़ाए बैठी थी, इसलिए दबाव की वजह से पाँवों की माँसपेशियाँ रह-रह और भी चमक उठती थीं जिन्हें कुछ क्षण पहले देखकर वह ख़ुश भी हुई थी क्योंकि गुर्जर ने पिछली दफा की मुलाक़ात में उसके पाँवों की भारी तारीफ की थी कि 'क्या मछली माफिक गोड़ हैं, आँखें जुड़ा जाती हैं। बीहड़ में कहीं टिकती नहीं, यहाँ सुकून पाती हैं...' 'हट' कहकर वह मुस्करा दी थी। इस वक़्त भी वह मुस्करा दी और पाँवों को ग़ौर से देखने लगी। आसमानी रंग की काले किनार की वह धोती पहने थी जिसका पल्लू सिर से सरककर पीठ पर था। बाल हलका तेल डालकर कसके ओंछे गये थे, चोटी की शक्ल में जो ऐंठे हुए उसकी गोद में दबे थे। घुटनों का दबाव स्तनों पर था जिसे पीले ब्लाउज़ के घेरे से ऊपर साफ़ देखा जा सकता था। गले में चमकते मोतियों की माला थी। हाथों में सुनहरी चूड़ियाँ जिन्हें अभी दो दिन पहले उसने मनिहार से पहनी थीं। पाँवों में गोजर जैसी पायलें थीं। नयी हवाई चप्पल, माथे पर छोटी-सी लाल बिन्दी और माँग में माथे पर ज़रा-सा ईंगुर...

कुल मिलाकर अपनी धज में वह निहायत सुन्दर लग रही थी। एक पल को मैं उसे देखता ही रह गया। दरअसल पुलिस मुख्यालय के दबाव से मैं बेहाल था। मुझे गुर्जर डाकू ज़िन्दा या मुर्दा किसी भी हाल में चाहिए था। ऐसा न होने पर नौकरी के जाने का ख़तरा था, ऊपर से बचाव के आरोप में मुक़दमा चलाये जाने की धमकी थी। ऐसे में आप सोच सकते हैं कोई व्यक्ति सुकून से कैसे बैठ सकता है! मेरा उठना-बैठना, सोना, खाना-पीना सब तर्क था। कुछ सूझता न था। दिल-दिमाग़ और आँखें मुँद-सी गयी थीं। कोई सनसनी शेष न थी।

लेकिन इस वक़्त, इस औरत को देखा तो लगा लम्बी यातना का दौर ख़त्म हो गया। अब सुख ही सुख है। और वह यह ख़ूबसूरत औरत है जो आँखों के रास्ते होती हुई दिल में हलचल मचा रही है...

मुझे देखते ही वह सचेत हुई। काम करते उसके हाथ रुक गये। जैसे कोई आँख उसे भेद रही हो, इस एहसास के चलते राख सनी चुटकी से पहले उसने सिर पर आँचल खींचा, फिर हथेलियों से घुटनों के नीचे धोती सरकाने लगी। यह सब करते उसके माथे पर बल था मानो कह रही हो, खाँस के आना चाहिए, ये क्या कि दबे पाँव सिर पर आ खड़े हुए... उसने होंठ सिकोड़कर मन-ही-मन गालियाँ दीं कि हट यहाँ से, दूर हो कमीन!

और जब मैं खड़ा हुआ तो बिना तहकीकात के पीछे हटनेवाला न था। जीप सड़क पर थी। राइफलधारी हवलदार भी वहीं रोक दिए थे। कीचड़ के बीच जमे ईंटों पर किसी तरह लाल जूते टिकाता यहाँ आ भी गया था। काँख में कैप थी। दाएँ हाथ में रूल।

औरत को सचेत होता देख मैंने उस पर से नज़रें हटाईं और झोंपड़े को देखने लगा जिसमें यह औरत रहती होगी। झोंपड़ा खपरैलों का था, ऊपर बीच में धँसा-सा। जैसे शहतीर बैठ गयी हो। खपरैल काई से भरे थे, बीच-बीच में उखड़े और टूटे। झोंपड़े के ऊपर आगे की ओर एक नया सूप था जिसमें सूखने के लिए धनिया रखा था। दरवाज़ा यानी टटरा बाँस की खपच्चियों का था तारों और सुतलियों से बँधा, बाहर की तरफ ओलार। रोक के लिए ज़मीन में खूँटा गड़ा था जिसके सहारे वह ठहरा था।

झोंपड़े के बाएँ हाथ पर नीम का विशाल पेड़ था।

झोंपड़ा ऊँचाई पर था यानी टीले पर जिसके गिर्द गहरी ढलान थी जहाँ से खेतों का सिलसिला शुरू होता था। खेत ऐसे कि लगता था उनमें वर्षों से हल नहीं चले हैं, बंजर हो गये थे। ज़ाहिर था, गुर्जर जब पैसे बरसा रहा है, तो खेती क्यों की जाए! ख़ैर, खेत में इस वक़्त जंगली घास-फूस या कहें गाजर घास जमे थे।

झोंपड़े के ऊपर कोने पर एक बड़ा-सा सफ़ेद, पीली चोंच का गिद्ध बैठा था, बड़ा डैना फैलाये, जैसे झोंपड़े को किसी भी विपदा से बचानेवाला हो।

खेतों के पार जहाँ थोड़ी ऊँचाई दीखती थी, किसानों की आठ-दस झोंपड़ियाँ थीं। सामने नीम-पीपल के घने पेड़ थे जिनके नीचे गाय-भैसें बँधी थीं।

इस झोंपड़े के पीछे शायद बकरियाँ बँधी थीं जिनकी मिमियाने की आवाजें आ रही थीं।

यकायक खाँसकर मैंने औरत का ध्यान अपनी ओर खींचा। उससे आँखें मिलते ही, मैं मुद्दे पर आने को था, तभी पैंतरा बदल दिया। जैसे मैं किसी

तहकीकात के लिए नहीं आया, बस यूँ ही चला आया। लेकिन यह औरत मेरा मन्तव्य ताड़ गयी, उसने मुँह बनाकर बग़ल में थूका। जब मैंने जेब से पाँच-पाँच सौ की गड्डी निकाली और एक-एक कर उन्हें गिनने लगा तो उसने और भी बुरा मुँह बनाया—कमीन नोट दिखला रहा है! और इतनी नाटक-नौटंकी काहे की! आया है गुर्जर की खोज-ख़बर लेने और दिखा रहा है पैसे, जैसे मैं बिछ जाऊँगी! थू है तुझ पर, कितना भी पैसा दिखा, तेरा भरोसा नहीं, तू बदमाशों का सिरका है जिसके तार ऊपर तक जुड़े हैं जिनका काम ग़रीबों को सताना, उनका खून पीना है, और वह गुर्जर? वह डाकू ज़रूर है लेकिन मुझे सच्चे दिल से प्यार करता है, मैं भी उसे प्यार करती हूँ—इसके लिए गाँव के लोग जलते हैं तो जलें—इसकी मुझे रत्ती भर परवाह नहीं! और आदमी, तंगी से इतना आजिज़ आ गया है कि कुछ बोलने से रहा...

यकायक खाँसकर मैंने कुछ नोट ज़मीन पर गिरा दिए जो हवा में उड़ने लगे। यह सोचकर कि उड़ते नोट औरत उठा लेगी लेकिन यह दुष्ट, नाकिस है कि उठाना तो दूर, उसने नोटों की तरफ नज़र न डाली। उल्टे बर्तनों को और भी लगन से और ज़ोर-ज़ोर से घिसने लगी जैसे जतला रही हो कि नोटों की तुलना में बर्तन घिसना अच्छा है।

लेकिन मैंने हार न मानी। यही भाव दर्शाता रहा कि मैं कोई ग़लत आदमी नहीं हूँ, तेरी ख़ूबसूरती का दीवाना हो गया हूँ, तू चाहे कितना भी सताए, मैं उफ़ करनेवाला नहीं।

नोट बीनकर मैं बहुत देर तक उसके सामने खड़ा रहा, लेकिन उसने न मेरी ओर देखा और न ही मेरे दिल में उठ रही भावना को इज़्ज़त दी—ऐसे में आप समझ सकते हैं, अच्छे-अच्छों का दिमाग़ फिर जाए, फिर मैं क्या हूँ! वर्दी का गुरूर अलग अपना रंग दिखाने लगा। उसी के बहाव में मैंने कहा—बड़ा घमंड है तुझे?

इस बार उसने मुझे सवालिया निगाह से देखा, जैसे पूछ रही हो किस चीज़ का घमंड है?

—गुर्जर का! मैंने दृढ़ता से कहा।

—कौन गुर्जर? वह अनजान बनी।

—अच्छा! कौन गुर्जर? अब कौन गुर्जर हो गया वह? मैंने आँखें मटकाकर कहा—ऐसई होता है...

—क्या ऐसई होता है? वह और गहरे उतरी।

मैंने कहा—जिसके हाथ रंगरेलियाँ मनती हैं, उसके साथ ऐसई होता है!

—ढंग से बात कर!—उसने राख सने हाथ बाल्टी में डाले और पानी में तूफान-सा उठाया जैसे उस तूफान में मुझे डुबो देगी।

—ढंग से ही बात कर रहा हूँ! गुर्जर तेरे पास आता है...रात-बिरात...पूरा

गाँव कह रहा है!!!

—चोप्प हरामी! वह ज़ोरों से चीखी—मूड़ीकाटा, कुछ भी बकबका रहा है! पुलिस है तो कुछ भी बोलेगा...

मैंने ऐलान-सा किया—बिलकुल, कुछ भी बोलूँगा, गुर्जर का पता दे, नहीं, थाने चल!

यकायक उसने एक नाटक खड़ा कर दिया। वह ज़ोरों से चीखी और हन-हन के छाती पीटने लगी, ज़मीन पर बैठकर और रोने लगी चिल्ला-चिल्लाकर जैसे किसी ने उसके साथ गड़बड़ कर दी हो।

मुझे लगा कि अभी पलभर में गाँव का हुजूम इकट्ठा हो जाएगा और यह सबके सामने अपनी इज़्ज़त की दुहाई देकर ज़मीन पर चीख-चीख के सिर पटकेगी कि इस नाकिस ने मेरी आबरू लूटी। मारो! पकड़ो! बचाओ! और लोग मुझे शक़ की निगाह से देखेंगे। थानेदार हूँ तो क्या? ऐसे नाटक में कुछ भी सम्भव है।

मैंने ऐसा सोचा और पलभर के लिए सकते में आ गया, लेकिन दूसरे पल देखा—उसके दुबले-पतले, मरियल से आदमी के सिवा कोई दौड़ा नहीं आया। आदमी झोंपड़े के पीछे बकरियों को पत्तियाँ खिला रहा था। वह सफ़ेद, पीली चोंच का गिद्ध भी चुपचाप उड़ गया जो झोंपड़े पर पंख पसारे बैठा था। दो-चार किसान ज़रूर अपने झोंपड़े के बाहर दिखे, मगर वे भी वहीं, दूर खड़े रहे, उल्टे आड़ में आ गये; शायद यह सोचकर कि कसबिन के चक्कर में कौन पड़े। जैसा करती है, वैसा भरेगी, पुलिस नहीं आएगी तो भला कौन आएगा। अब मज़ा आएगा, ख़ूब गर्रा रही थी गुर्जर के नाम पर, अब भुगत...

यकायक उसका आदमी, धीरे-धीरे डुगरता-सा मेरे सामने आ खड़ा हुआ। आदमी मरा-मरा सा था। हड़ियल। लम्बी गर्दन। मुँह पिचका। काला। सूखा। चेहरे पर बिररी खिचड़ी दाढ़ी-मूँछें। दाँत ऐसे कि सुपारी के इन्तहा सेवन से ऊपर से घिस गये हों। सिर पर वह गन्दा-सा मटमैला गमछा बाँधे था। बदन पर गन्दी, चीकट बनियान थी। नीचे लम्बा-ढीला, तेल के धब्बों से भरा पायजामा था। नंगे पाँव था। वह बीमार लग रहा था मानो लंघन से उठा हो।

जब वह औरत के चीखने-चिल्लाने पर पत्तियाँ फेंकता दौड़ा आया, उसका चेहरा उस वक़्त बुझा और आँखें राख-सी ठंडी थीं। मानो दौड़े आने का उसे अफ़सोस हो। गर्दन उसकी झुकी थी और आँखें नीचे किए था। गोया आँखें मिलाने से बच रहा है। ऐसा लगता था, औरत के गुर्जर के खुले रिश्ते की वजह से गर्दन शर्म से मुकम्मल तौर पर झुक गयी हो और जो कभी सीधी नहीं हो सकती। इसका असर आँखों पर भी था जिन्हें हर वक़्त वह नीचे किए रहता, किसी से मिलाता नहीं था।

मुझे देखते ही उसमें एक हौल तैर गया जैसे सोच रहा है कि यह राँड़ तो मरेगी ही, मैं भी बचनेवाला नहीं। उसने गहरी साँस ली। यकायक अपने को सँभाला, अनजान-सा बनता, नीचे देखता मुझसे बोला—क्या बात है हुजूर? फिर चीखती-सिर पीटती औरत से मुख़ातिब हुआ जैसे आँखों से बरजता कह रहा हो कि तूने तो मुझे कहीं का न रखा, अब और गत क्या करवाना चाहती है! पिट्टस क्यों डाले हैं? चुप हो जा। फालतू बखेड़ा न खड़ा कर! फिर भैराया-सा उसी अन्दाज़ में झुकी गर्दन और नीची आँख किए मुझसे बोला—बैठो हुजूर! खाट कहाँ है? खाट के लिए वह इधर-उधर निगाहें दौड़ाने लगा।

इस बीच औरत रोते हुए चीखी—खाट दे रहा है हरामखोर को! ठठरी दे!

आदमी ने उसकी ओर कड़ी निगाह से देखा।

औरत चीख़ी—आँख न दिखा, नहीं निकलवा लूँगी। समझता क्या है अपने को, कौरहा कहीं का! नीच!

आदमी पर जैसे घड़ों पानी पड़ गया। खिसिया गया।

यकायक औरत रोती, चिल्लाती, पैर पटकती झोंपड़े के अन्दर चली गयी। अन्दर जाते-जाते उसने टटरा बन्द करना चाहा, उसे खींचा, लेकिन तुरन्त छोड़ दिया जो खूँटे से जा टकराया।

—तुम इसके आदमी हो? गहरी साँस छोड़ते हुए मैंने पूछा तो उसने झुकी गर्दन, नीची आँखों, गहरे अफ़सोस में 'हाँ, हुजूर' कहा और हँड़ीली छाती पर हाथ जोड़कर खड़ा हो गया। जैसे औरत की नादानी को माफ़ करने के लिए विनती कर रहा हो।

मुझे कुछ न सूझा तो उसे अपने पीछे आने का हुक्म दिया और सपाटे से, कूद-सी लगाता जीप के पास आ गया। वह लस्त-सा आगे बढ़ा कि पीछे से उसकी औरत की चीख़ उभरी—कहाँ जाता है, लौट पीछे!

औरत झोंपड़े के बाहर खड़ी चिल्ला उठी थी—तू डर किससे रहा है जो खुद बड़ा डरपोक है! तू नहीं लौटा तो चाम न खिंचवा लिया तो मेरा नाम शेरा बाई नहीं!

आदमी के पाँव रुक गये। मुमकिन है, औरत की धमकी से डर गया हो, लेकिन जब मेरी कड़क आवाज सुनी तो वह मेरी ओर बढ़ने लगा। गोया अपनी निर्दोषता के चलते ऐसा करने लगा। जो भी हो, औरत चीखती-चिल्लाती और उसे धमकाती रही और वह बुरा-सा मुँह बनाता, बड़बड़ाता-सा जैसे अपने आपको कोस रहा हो—मेरी ओर बढ़ा।

जीप में बैठालकर मैं उसे गाँव से काफ़ी दूर, एकान्त में बँसवारी के बीच ले आया जहाँ लचकते बाँस और चिटकारी मारती गिलहरियों के अलावा दूर-दूर तक कोई दिखलाई नहीं पड़ता था। बीहड़ में यह बीहड़ एकान्त था। राइफलधारी मेरे

पीछे खड़े थे।

तेज़ गर्मी थी और हवा में उमस और चिपचिपापन था। चारों तरफ़ काली मक्खियाँ मँडरा रही थीं जो शायद गर्मी से परेशान होकर हम लोगों को बेतरह काट रही थीं। पता नहीं क्यों मुझे लगा कि किसी से कोई बात उगलवा लेने या उसे सज़ा देने के लिए यह काफ़ी उपयुक्त जगह है। इसी का नतीजा था कि यह आदमी चार-छै रूल पर ही हाय-हाय करने लगा, लेकिन आश्चर्य था कि वह कोई सुराग देने के लिए मुँह नहीं खोल रहा था।

—कब आता है गुर्जर?

वह चुप।

—जब आता है, तू कहाँ रहता है?

वह निष्कम्प, पुतले जैसा।

—भेद देने पर एक लाख नकद दूँगा और कोई आँच तुझ पर नहीं आएगी, भरोसा रख।

ऐसे बहुत सारे सवाल मैंने उससे किये और जवाब न देने पर मैंने वो सुताई उसकी की जिसके लिए पुलिस को बदनाम माना जाता है, लेकिन वह भी गज़ब के जिगरे का आदमी कि उसने मुँह नहीं खोला तो नहीं खोला, सिवा चीख-चिल्लाहट के!

तभी हुआ यह कि जब यह आदमी किसी तरह गुर्जर का सुराग़ नहीं दे रहा था, मदद के लिए मिनक नहीं रहा था, मैंने उसे हाथ-पैर बाँधकर पेड़ से उल्टा लटका देने का आदेश हवलदारों को दिया। सज़ा का पुराना तरीका, नीचे आग जलाई जाए और उस पर मिर्च डाली जाए...

हवलदार हाथ-पैर बाँधने को उद्यत हुए कि इस आदमी ने इतना भर क़बूल किया कि मालिक, गुर्जर उसकी घरवाली के पास आता है, मगर उसे खुद पता नहीं चलता कि कब आता है...

घंटों तंग करके, चुप्पी के बाद सिर्फ इतना बोलने पर, जिसका कोई ख़ास मतलब नहीं था, पता नहीं क्यों मुझे इस क़दर गुस्सा आया कि मैंने उसे कसकर एक झन्नाता थप्पड़ मारा और कहा—तेरी औरत के साथ पराया मर्द सोता है और तुझे पता ही नहीं चलता! मुझे हँसी-सी आई, फिर थोड़ा रुककर अफ़सोस में बोला—हद है! और इस पर तुझे ज़रा भी शर्म नहीं आती!

थप्पड़ इतना करारा था कि आदमी चौंधिया गया और ज़मीन पर लोट गया, कटे पेड़-सा। एक पल को लगा, निपट गया, लेकिन निपटा नहीं था। हाथों में उसके कम्पन हो रहा था जिन्हें वह चोट खायी जगह पर रह-रह फिराने लगा।

कनपटी पर मार की झनक जैसे आँखों और दाँतों में उतर आई हो—इसका

एहसास-सा करता वह सहसा कराहा, फिर इतने लम्बे वक़्त में पहली बार उसने गर्दन उठाई। और सूनी आँखों से मुझे देखा फिर मेरी बात का जवाब देने से जैसे अपने को वह रोक नहीं पाया, फटी-फटी-सी मुर्दार आवाज में बोला—हुजूर, मेरी जगह पर आप होते तो शरम तो आपको भी नहीं आती, फिर मैं तो आपका गुलाम हूँ सरकार!

उसने अपनी जगह मुझे रखकर मेरी फ़ज़ीहत-सी कर डाली थी। एक क्षण को मैं सन्न-सा रह गया। खिसिया गया—ऐसे में एक चारा था कि उसकी ख़ूब कुटम्मस की जाए। लात-घूँसों से उसकी ख़ूब ख़बर ली। गुर्जर का पता तो नहीं चला, मगर पिटाई से जी हलका क्या होता, हाँ, उसका कहा मेरे कलेजे में ज़ंग लगी कील की तरह ठुक गया जिसे मैं शायद ही कभी भुला पाऊँगा।

आँच

उसका नाम जगदीश था। सामने की पहाड़ी पर, ढाल की तरफ, नाले से सटी, कई सारी झुग्गियों के बीच उसकी झुग्गी थी।

मेरा स्विचबोर्ड ख़राब हो रहा था, लैम्प किसी तरह जलता न था। क्षण भर को जलता फिर बुझ जाता। ट्यूबलाइट की रोशनी मेरे लिये नाकाफ़ी थी। लैम्प की रोशनी में ही मैं लिखता-पढ़ता था। कमज़ोर नज़र भी इसका एक कारण था। ख़ैर, लैम्प अब जल ही नहीं रहा था तो लिखूँगा क्या? ख़ाक़!!! जबकि अख़बार का कॉलम मुझे देर रात या ज़्यादा से ज़्यादा नौ-दस बजे सुबह तक लिखकर, हर हाल में, मेल करना होगा। समय-सीमा का मामला है। और जीविका का आधार! कॉलम के अलावा दूसरा कोई हीला भी अपने पास नहीं है। सो, परेशान हो उठा था मैं! तभी जगदीश का ध्यान आया। क्यों न उसे बुला लाऊँ? है तो वह दुष्ट, भारी नशैला, बावजूद इसके काम जानता है। मिनटों में स्विचबोर्ड ठीक कर देगा। पहले भी कई सारे काम वह कर चुका था। अभी दस दिन पहले मीटर के ख़राब हुए बोर्ड को उसने ठीक किया था और जो भी पैसा दिया था, झुककर सलाम करता चला गया था...

इस वक़्त मैं उसकी झुग्गी को खोजता धीरे-धीरे चल रहा था कि उसने मुझे खम्भे की धुँधली लाइट में जैसे दूर से देख लिया हो, क़रारी आवाज जिसमें नशे का डाँवा-डोलपन था, लगाता टटरा हटाता, हाथ लहराने लगा जैसे बतलाना चाह रहा हो कि साब! मैं यहाँ, इस झुग्गी में रहता हूँ। कोई काम हो तो बताएँ, मिनटों में चुटकी बजा के निपटा दूँगा। —टटरा हटाकर वह बाहर निकल आया था। ठिठककर रुक गया जैसे आगे बोल रहा हो—लेकिन साब! काम मैं कर दूँगा, मगर पिछली दफ़ा की तरह पैसे झंख के मत देता। उस दिन तो मैं पता नहीं क्या सोच के, लौट आया था, पैसे जेब में डाल लिये थे, मग़र दिमाग़ भारी गरम था। शराब की दुकान पर तो और गरम हो गया था जिसे मैं किसी तरह क़ाबू नहीं कर पा रहा था। बार-बार आपकी मैया-बहन कर रहा था। दो सौ का काम और पचास रुपये! इसमें एक पाउच भी ढंग का नहीं मिल रहा था...

मैं जगदीश को देख रहा था। सोचने लगा, कमीन लगी में है, काम क्या करेगा! मैं अटकी में था, दूसरा कोई मिस्त्री इस वक़्त मिलने से रहा, सो उसकी तरफ बढ़ा।

इस बीच जगदीश ने आगे बढ़कर, मेरा हाथ पकड़ लिया। कँटीला, लोहे की संड़सी जैसा हाथ! क्या खाता है साला!!!

यकायक मुझे एहसास हुआ कि हाथों पर उसकी पकड़ सख़्त हो गयी है। पूरी ताक़त लगाकर भी हाथ छुड़ाना सम्भव नहीं। वह मुझे अपने तख़ते पर बैठालना चाह रहा था, चाय पिलाने की ख़ातिर। उसने मुझे अपनी तरफ खींचा। बचाव में मैं फिर कभी फुर्सत से बैठने की कहके उसकी लौह पकड़ से छूट पाया। और सुकून-सा महसूस कर रहा था...

और इस वक़्त तो मैं और सुकून-सा महसूस करने लगा जब उसने अपने इन्हीं संड़सी जैसे पंजों से स्विचबोर्ड ठीक करके लैम्प जला दिया।

इसके पहले मेरा सुकून ग़ायब था। जगदीश स्विचबोर्ड को पूरा खोल चुका था और लैम्प किसी तरह जल नहीं रहा था। करंट ही नहीं था। काफ़ी देर तक वह स्विचबोर्ड से उलझता रहा। उसने सारे प्वाइंट खोल डाले थे। टेस्टर से बार-बार करंट की जाँच करता और करंट था कि पूरी तरह नदारद! इस चक्कर में वह कई बार मीटर के बोर्ड को देख आया था। मामला सुलझता न था। आख़िर में उसने एक नया स्विचबोर्ड फिट किया, जो उसके छोटे से अगड़म-बगड़म सामानों से भरे झोले में ठुँसा था। उसने प्वाइंट के तारों को अदला-बदला कि करंट आ गया—लैम्प जल उठा था।

मैंने राहत की साँस ली और जैसा कि पहले कहा, सुकून-सा महसूस किया लेकिन यह सुकून पूरी तरह ग़ायब हो गया जब उसने पैसे लेने से इनकार कर दिया। पचास के नोट को चूतिया बनाना कह रहा था और बड़बड़ाने लगा था कि एक तो काम कर दिया, उस पर पैसे दे रहे हैं जैसे मैं भीख माँग रहा होऊँ! कहीं दूसरी जगह काम किया होता तो सौ-डेढ़ सौ तो मिल ही जाते—यहाँ पचास रुपट्टी!!! जैसे मैं कोई चूतिया हूँ! चूतिया!!! काम की कोई वैलू नहीं। अभी लैपटॉप ख़राब हो जाता तो आपरेटर पाँच सौ खैंच लेता और आप ख़ुश हो के देते—लेकिन मुझे देते...

उसने नोट सामने फेंक दिया जैसे गाली देता कह रहा हो कि नहीं चहिए!

—कितना गन्दा आदमी है। बेअदबी पर उतर आया है। बावजूद इसके मैं सहज रहा, शान्त भाव से पूछा—कित्ते चहिए भैया?

—कित्ते चहिए भैया? जैसे कुछ जानते-समझते नहीं—उसने मुझे कठोर निगाहों से देखा। आँखों में नशे की लालिमा थी। बाल लटों की शक्ल में धूल-

पसीने से भरे। नाक लम्बी और मस्सों से भरी थी। मूँछें गीली, टूटी छतरी जैसी जिसमें मिचमिची आँखों का पानी रिस-रिस कर ठहर गया हो। कमीज़ के बटन नदारद। छाती चौपट खुली हुई। छाती के सफ़ेद-काले बाल कंटीली झाड़ी की तरह गुत्थमगुत्थ थे।

उसकी यह धज देख मैं दंग था।

—कित्ते चहिये भैया!!! अपने को ग़ौर से देखे जाने पर मेरी नकल-सी बनाता, दोनों हाथों को मत्थे पर मारता वह तकरीबन बिफर-सा पड़ा—पचास रुपट्टी होते हैं इस काम के?

—और कित्ते होते हैं? मैं सख़्त आवाज में अकड़कर बोला।

—सौ तो दीजिए! थोड़ा ढीला होता वह बोला।

—सौ! नागवार-सी गुज़रती उसकी बात पर मैं ज़ोरों से बोल पड़ा—सौ रुपये तो किसी कीमत पर नहीं दे सकता। यह तो बेईमानी है!

—बेईमानी! काम सुलटा देना बेईमानी होता है! वह गर्दन हिलाता हुआ बोला—अगर मैं काम करने से पहले पैसा बता देता तो आप न चाहते हुए भी देते। जब सौदा तय नहीं हुआ तो सही मेहनताना देने से कतरा रहे हो—यही बात तो बुरी लगती है, आप लोगों की!!!

—क्या? हम सब लोग बेईमान हैं, तुम लोगों का पैसा मार लेते हैं? वह आग-बबूला होता गरजा।

—इसमें गरम होने की क्या बात है, साब? जो बात सच है, उसे मंजूर क्यों नहीं करते?

—हम लोग तुम लोगों का हक़ मारते हैं? मैं मन की पूरी बात जान लेना चाहता था।

—जी! आप लोग, हम लोगों का हक मारते हैं। अभी-अभी आप मेरा मेहनताना मार रहे हैं, उस पर आँखें दिखला रहे हैं!!!

—मैं आँख दिखला रहा हूँ कि तू? मेरी शालीनता अब जवाब देती जा रही थी।

—पूरे पैसे नहीं मिलेंगे तो आँख दिखाना कहाँ का जुर्म हुआ?

—सौ रुपये तो मैं नहीं दे सकता, तुझे लेना हो तो ले, नहीं, फुट यहाँ से।

—ठीक है साब! जाता हूँ; लेकिन जान लीजिए...

—हाँ-हाँ, जान लिया! तेरी भभकी से मैं डरनेवाला नहीं। किसी से भी पूछ ले, इस झटल्ली काम के कित्ते पैसे होते हैं?

झटल्ली! झटल्ली है मेरा काम? आग की तरह जलता वह मेरे सामने तनकर खड़ा हो गया। गहरी-गहरी साँसें लेता। आँखें उसकी लाल और चेहरा ग़ुस्से से

तमतमा उठा था। मुट्ठियाँ भिंच गयी थीं।

न चाहते हुए भी मुँह से गाली निकल गयी थी, पीछे हटने पर हेठी होती, इसलिए मैं भी तनता हुआ ज़ोरों से बोला—झटल्ली काम नहीं, तो क्या है? कौन सा ट्रांसफार्मर ठीक कर दिया।

झोला ज़मीन पर पटकता-सा मुट्ठियाँ टकराता तड़ककर गर्दन हिलाता वह बोला—काम, काम होता है, साब! लैम्प हो या ट्रांसफार्मर! काम को गाली देना बहुत ही गन्दी बात है! फिर, काम झटल्ली था तो क्यों आए मेरे पास झुग्गी में, बैठे रहते अपने घर में! तब तो दौड़े चले आए....

—ठीक है यार! जब मैं शर्मिन्दगी के लहजे में थोड़ा नरम हुआ तो वह अफसोस में सिर हिलाता बोला—चालीस साल हो गये काम करते—मेरे काम की, हुनर की सभी तारीफ़ करते हैं। आज तक किसी ने ऐसा कचरा नहीं डाला जैसा आपने!

अपनी ग़लती मानने पर भी यह कमीन सिर पर चढ़ा जा रहा है, मेरा पारा यकायक फिर चढ़ गया, बोला—कौन सा कचरा डाल दिया? जब मैं मान रहा हूँ कि ग़लती हो गयी, फिर काहे को तूल दे रहा है? थोड़ा रुककर हाथ हिलाता आगे बोला—हाँ, झटल्ली ही काम है तेरा! जो करना है, कर ले! मैं हज़ार बार यही कहूँगा!

उसके बदन पर जैसे आग डल गयी हो छौछिया-सा गया, फिर विस्फारित आँखों से मुझे एकटक देखते हुए सिर हिलाने लगा, जैसे सोच रहा हो कि तेरा सोच बहुत ही गलीज है! समझाइश से कोई बात बननेवाली नहीं और तू उससे सुधरने वाला भी नहीं! तेरे साथ ऐसा कुछ करना होगा जिससे तेरी सारी हेकड़ी निकल जाए। थोड़ी देर के लिए वह कहीं खो-सा गया। यकायक उसने कुछ दृढ़ निश्चय-सा किया। उसी बहाव में सहसा उसने सिर झटका, अपने को सँभाला और सीधा खड़ा हो गया। जैसे गेट खोलने के लिए कह रहा हो। उसका लहजा अब एकदम शान्त था। जब मैंने गेट नहीं खोला तो झुककर उसने खटका हटाया और बाएँ कन्धे से हलके से उसे ठेलता बाहर निकला और मिनटों में नज़र से ओझल हो गया।

मैं भयंकर गुस्से में था, बुदबुदाया—ठीक है, भग जा और उसे जलती निगाहों से जाता देखता रहा। बावजूद इसके अन्दर ही अन्दर अफ़सोस ने करवट ली कि दुष्ट काम तो कर गया, पैसे के लिए ऐंठ दिखला रहा था। दस-पाँच और ले लेता! मगर नहीं। जैसे मैं पीछे-पीछे आऊँगा, रिरियाऊँगा।

काफ़ी देर तक मैं गेट के सहारे खड़ा रहा और उसके लौटने का इन्तज़ार करता रहा। आख़िर में हारकर अपनी मेज़ पर आ गया। लैम्प जलाया। रूलदार काग़ज़ को देखता हूँ। विषय का ख़याल करता हूँ। पैन उठाता हूँ।

तीन घंटे बीत गये, एक शब्द नहीं लिख पाया हूँ। कुछ सूझ ही नहीं रहा है।

रात है, सर्दी की रात। सब ओर ख़ामोशी। गहरी ख़ामोशी। पेड़ भी ख़ामोशी की साया में डूबे। दूर कहीं कोई माचिस जलाये तो उसकी आवाज सुनाई दे।

मैं पेन लिए बैठा हूँ। रूलदार काग़ज़ पर निगाह डालता हूँ। दिमाग़ जगदीश में लगा है।

—साला! दुष्ट! नीच! कमीन! ये मन के भाव हैं—गज़ब है! पैसे फेंक के चला गया। जाते-जाते कैसा मुँह बना रहा था—जैसे खा जाएगा! मैंने पेन रखा तो बाहर किसी के चलने की आवाज आई। चप्पलों को घिसटाता जैसे कोई चलता आ रहा हो। ज़ाहिर था कि जगदीश लौटनेवाला नहीं। तीन घंटे बाद भला वह नशैला क्या लौटेगा? देखा तो जगदीश था। झाँककर देखने पर ही जगदीश ने मुझे देख लिया था और भारी खुश हुआ था अन्दर ही अन्दर। और बीच सड़क पर, मेरे घर के सामने झुककर टेढ़ा खड़ा हो गया।

मैं कुर्सी से उठ खड़ा हुआ। घबराया। यह इतनी रात में क्यों आया? पैसा चाहता है क्या? लेकिन पैसे के लिए उसे आवाज देनी चाहिए? गेट पर खट-खट करना चाहिए? यह तो ऐसा कुछ भी नहीं कर रहा है? ज़रूर इसकी कोई नयी चाल है? इतनी रात गये यह कोई ऐसा नाटक करेगा जिससे मुहल्ले के लोग इकट्ठे हो जाएँ और फिर यह उनके सामने अपनी बात रखे। चिल्लाकर कहे कि साब, कॉलोनी के एक रसूखदार आदमी की हरकत तो देखो, पहले किसी भी तरह से झुग्गी से मुझे बुलाकर ले आते हैं, काम करवाते हैं—पैसे के वक़्त गाली देते हैं—यह कहाँ का न्याय है?

उसने ऐसा कुछ भी नहीं किया। शान्त भाव से खड़ा रहा। रह-रह वह गर्दन उठाकर आसमान की ओर देख लेता जैसे कँपकँपाते तारों से अपने साथ हुए अपमान की शिकायत कर रहा हो!

थोड़ी देर बाद वह सीवरलाइन के बड़े से पत्थर पर बैठ गया, पालथी मारकर। शान्त भाव से बैठकर अपनी आमद भर से जैसे वह मुझे बेचैन करना चाह रहा हो।

मैंने सोचा कि गेट खोलूँ और जो भी रुपये माँगे, उसकी तरफ फेंक दूँ—मैंने आलमारी से रुपये भी निकाल लिये, लेकिन फिर यह सोचकर रुक गया कि इससे तो इसका हौसला बढ़ जाएगा। सोचेगा कि मैं डर की वजह से पैसे दे रहा हूँ। मैंने आलमारी बन्द कर दी और गेट पर आ खड़ा हुआ। सन्ध से देखा—वह शान्त बैठा है—मेरे घर की ओर देखता हुआ।

यकायक उसने चप्पलें उतार दीं और एक चप्पल को ज़मीन पर हन-हन कर

कई बार पटका।

कमीना चप्पलें बजा रहा है—मैं बुदबुदाया।

चप्पल पटककर वह फिर शान्त बैठ गया। अनशन की मुद्रा में। घुटनों पर उसने दोनों हाथ टिका लिये और मेरे घर की तरफ एकटक देखने लगा।

मैंने सोच रखा था कि नंगई के चलते मैं इसे एक पैसा न दूँगा, चाहे जो हो जाए; लेकिन उसकी इस नंगई ने मुझे बेचैन कर दिया है। सर्दी में शान्त क्यों बैठा है? पैसा माँग ले तो मैं दे-दा के किसी तरह मामला ख़त्म करूँ, मगर यह कमीन ऐसा कुछ भी नहीं कर रहा है।

मैं हत्प्रभ हूँ और उस पर निगाह रखे हूँ।

मेरा पूरा ध्यान लिखने पर नहीं, जगदीश पर है।

थोड़ी देर बाद मुझसे रहा नहीं गया। मैंने दरवाज़ा खोला, लोहे के गेट का खटका सरकाकर उसके सामने आ खड़ा हुआ। पूछा—क्या बात है जगदीश? इत्ती रात में यहाँ क्यों बैठे हो?

वह चुप। पत्थर की मानिन्द।

—मैं रुपये देने को तैयार हूँ—यह लो—जेब से मैंने सौ रुपये का नोट निकाला और उसकी तरफ बढ़ाता बोला—ले! सौ रुपये! और चुपचाप यहाँ से रफा हो जा।

वह पूर्ववत रहा।

—ले ना भाई! मैं झल्ला उठा—क्या चाहता है तू? पुलिस बुलवाऊँ?

वह उसी तरह निश्चल।

हारकर मैं घर के अन्दर आ गया, बुदबुदाता—भाड़ में जा तू। जो करना है कर!!!

जगदीश ने कोई गड़बड़ न की। पूर्व की तरह शान्त बैठा रहा, घुटनों पर दोनों हाथ रखे उस पर सिर टिकाये—मेरे घर की तरफ एकटक देखता हुआ।

काफ़ी रात गुज़र चुकी है। ठंड बढ़ रही है। मैंने हीटर जला लिया है। बाहर जगदीश जैसे ठंड से बेपरवाह है।

—क्या करूँ? कालम तो गया अब!!! गहरी साँस छोड़ता मैं माथे पर हाथ रखे सोचता हूँ, ऐसा कब तक चलेगा? जगदीश कोई नया नाटक करेगा क्या? जिसकी खातिर वह अभी तक शान्त-बेपरवाह बैठा है।

जगदीश ने कोई नया नाटक नहीं किया। ठंड बढ़ने पर उसने आसमान की ओर देखा जैसा तारों से कह रहा हो कि तुम तो शायद नहीं, लेकिन मैं ज़रूर ठंड को टक्कर दे सकता हूँ—इस ख़याल के चलते कूड़े के ढेर से काग़ज़-पन्नियों को

इकट्ठा किया। उसमें माचिस की काड़ी दिखलाई। थोड़ी देर में लपट उठने लगी जो तारों तक जाती लग रही थी जिसे वह बहुत ही प्यारी नज़रों से देख रहा था।

अब वह उसकी आँच में और भी बेपरवाह हो गया था। और मेरे घर की तरफ लगातार, बिना पलक झपकाए देखे जा रहा था।

मैं हीटर की गरमाहट में भी काँप रहा था।

भय

उस लड़के को देखकर मैं यकायक डर गया जो मेरे घर के सामने आ खड़ा हुआ था।

लड़का फटीचर हालत में था। तन पर बहुत ही गन्दी, जगह-जगह फटी बनियान थी और पैंट गन्दी तो थी ही, इतनी बड़ी थी कि किसी तरह वह उसे सँभाले था। पाँयचे ज़मीन पर लथर रहे थे और ऐसा लगता था पाँयचों की जगह पन्नी बँधी हो।

उस लड़के को देखते ही मेरे ज़ेहन में एक बात उभरी कि इसे कहीं देखा है। ज़ेहन को कुरेद ही रहा था तो याद आया कि कुछ ही दिन पहले यह लड़का पुल की रेलिंग पर सोया हुआ था। यह कुछ ऐसा निश्चेष्ट और गहरी नींद में सोया पड़ा था कि राहगीरों को भ्रम हुआ कि चल बसा। लोगों की वहाँ भीड़ लग गयी थी। एक आदमी ने उसे अपने छाते से कई बार कोंचा तब भी वह निश्चेष्ट और बेहिस ही बना रहा। तभी किसी ने उसके खुले मुँह पर पानी डाला तो वह हाँफता-गाली देता उठ बैठा। थोड़ी देर तक वह आँखें मलता रहा, मच्छरों से घायल गर्दन खुजाता रहा, फिर यकायक उठकर भाग खड़ा हुआ था।

यह वही लड़का था। यही कोई नौ-दस साल का होगा, लेकिन अपनी उम्र से बड़ा लग रहा था। दुबला-पतला हड़ियल और निहायत ही गन्दा था जैसे महीनों से नहाया न हो। सिर के झोंटे उलझे और लटियाए थे जिनमें वह उँगलियाँ फेरता हुआ कुछ सोच रहा था। रहटे की एक लम्बी छड़ी थी जिसे वह बहँगी की तरह कन्धों पर टिकाए था। दोनों हाथ उसके उसी पर झूल रहे थे।

लड़के को देखकर मैं डर गया कि कहीं कुछ गड़बड़ न करे। चुप्पे से फाटक खोले और कुर्सी न उठा ले जाए! सैप्टिक टैंक का ढक्कन ही न पार कर दे! पिछवाड़े सामान पड़ा हुआ है—बर्तन, बाल्टी, पम्प, पीतल की टोंटी, तार पर टँगे कीमती कपड़े! क्या भरोसा ऐसे आवारों का जो सड़क पर ही मरते-खपते हों!

हालाँकि मैंने अपने घर की काफ़ी सुरक्षित घेराबन्दी कर रखी है कि कोई पर नहीं मार सकता, बावजूद इसके मैं भयभीत था कि ऐसे नंगों, दुष्टों का क्या भरोसा,

कैसा भी मज़बूत, अभेद्य घेरा ये तोड़ दें और कुछ भी उड़ा ले जाएँ! आप क्या कर लोगे इनका? किसी विद्वान ने सही कहा है कि इन आवारों के पास खोने के लिए क्या है जबकि पाने के लिए संसार है!

ज़ोर से चिल्लाकर मैंने लड़के को डपटा ताकि वह भाग जाए। लेकिन मेरे ऐसा करने से लड़का टस से मस न हुआ। बल्कि और इत्मीनान से, निर्भय-सा सड़क के किनारे खड़ा हो गया जैसे कह रहा हो कि मैं सड़क पर खड़ा हूँ, तुम्हारी जगह नहीं जो डपट रहा है!

पत्नी ने कहा—बड़ा ढीठ है! देखो कैसे देख रहा है, आँखें फाड़कर! अरे, अरे, देखो, रहटा कैसे लहरा रहा है, जैसे नट हो! इसे तो किसी सर्कस में होना चाहिए।

पत्नी ज़ोरों से हँसीं। उनमें ज़रा भी भय न था जबकि मैं आन्दोलित था।

थोड़ी देर बाद पत्नी रसोई के काम में उलझ गयीं और मैं ऑफिस जाने की तैयारी में कि—फाटक बजा।

मैंने देखा, फाटक पर लड़का था।

मैं चीखा—क्या है?

वह बोला—साब, पानी चाहिए!

—नहीं है पानी, भाग यहाँ से!—मैं चीख़ा—दूर हो गेट से, पीछे हट, नहीं लट्ठ बजा दूँगा। पता नहीं कहाँ से कमीने आ जाते हैं... नंगे-भुक्खड़ जैसे लंघन से उठे हों साले! और कोई जगह नहीं, बस यहीं आना है पिट्टस को। और कहीं खड़ा होता तो अभी जूते पड़ जाते पच्चीसों...साब पानी चाहिए, होटल है कोई क्या? हरामखोर...

मैं ग़ुस्से में बड़बड़ा रहा था और फाटक का खटका चढ़ाने में लगा था। इस बीच पत्नी रसोई से पानी का जग लिये आईं और लड़के से बोलीं—ले, पानी पी और भाग, फिर दिखना नहीं! नहीं तो पीटूँगी!

अंजुरी जोड़े वह पानी पी रहा था, आँखें पानी की धार को देख रही थीं। पानी अंजुरी में कम मत्थे पर ज़्यादा गिर रहा था जो उसके गन्दे चेहरे को भिगो रहा था—मुझे पत्नी पर ग़ुस्सा आ रहा है, जबरन पानी पिला रही हैं, कुछ समझती नहीं, कैसी नालायक हैं! बड़बड़ाता मैं बाथरूम में घुस गया।

थोड़ी देर बाद जब मैं रोटी खा रहा था, फाटक फिर बजा।

देखा तो वही लड़का।

आगबबूला होते मैंने पूछा, क्या है?

—रोटी दे दो साब! भूख लगी है!

—नहीं है रोटी, भगो यहाँ से!

—तुम तो खा रहे हो, मुझसे कहते हो कि नहीं है! दो ना साब।

बात तो उसने सच कही थी। मेरे ग़ुस्से से तमतमाये चेहरे पर मुस्कराहट की लालिमा तैर गयी। बावजूद इसके मैंने ग़ुस्से को बनाये रखा। चीखा—जाते हो कि दूँ एक लात!

—मार दो साब! खड़ा हूँ।

—भाग यहाँ से!

—साब एक रोटी!

पत्नी ने रोटी लाकर दी। लड़के ने मुझे कनखियों से देखा, हलका-सा मुस्कराया जैसे कह रहा हो कि कैसे हो साब! रोटी को मना करते हो!

लड़के ने रोटी ली जैसे झपट्टा मारा हो और समूची रोटी मुँह में रख ली और चबाने की ज़िल्लत उठाये बिना वह उसे गटक गया। ऐसा करते हुए मुझे लगा कि रोटी उसके हलक में फँस गयी है! तभी उसकी साँस भी रुक रही है। उसे बेचैनी हो रही है जिस वजह वह छाती पीटने-सा लगा जिसका असर आँखों पर भी था। आँखों में पानी तैर गया था।

मुझे घबराहट-सी हुई। पत्नी पानी के लिए रसोई की तरफ दौड़ीं।

लड़के को पानी पीने की ज़रूरत नहीं पड़ी। पल भर में रोटी हलक के नीचे उतर गयी थी और वह मुस्करा रहा था!

पत्नी ने नाराज़गी जताई और उसे बरजा।

जब मैं कपड़े पहन रहा था, ऑफिस जाने को था, फाटक फिर बजा। देखा तो वही लड़का फिर खड़ा था जो कुछ देर पहले रफूचक्कर हो गया था।

मुझे यह भाँपते देर न लगी कि लड़का कुछ न कुछ गड़बड़ ज़रूर करेगा! तभी यहीं मँडरा रहा है!

—अब क्या है?—मैं तिड़का।

जवाब में लड़के ने फटी बनियान उतारी और इन्धौरी भरे शरीर पर हवा करता बोला—साब, बुश्शट दे दो! आज तक मैंने कभी बुश्शट नहीं पहनी।

आपे से बाहर होता मैं बोला—नहीं है बुश्शर्ट, तुम जाओ नहीं तुम्हारी पिटाई लगाऊँगा, बहुत हो गयी शैतानी...

—साब, शैतानी कहाँ कर रहा हूँ?—मुस्कराता वह बोला—एक बुश्शट दे दो न साब! आपके पास तो...

—हज़ारों हैं, तो क्या लुटा दूँ?—मैं बोला।

—साब! आपकी छत झाड़ दूँ तब दे दोगे?

मैं सावधान हुआ। यह इसकी चाल है! बोला—नहीं, छत नहीं झड़वानी है, भाग यहाँ से, नहीं कुंदी करूँगा तेरी!

जब सीधे से वह नहीं माना तो मैं कर्रा हुआ और उसे धकेलकर घर से दूर किया और ऑफिस के लिए रवाना हुआ!

मैं ऑफिस तो ज़रूर आ गया लेकिन मन घर में लगा हुआ था। वह नाकिस लड़का था जो कुछ-न-कुछ गड़बड़ करने पर उतारू था। सामान तो जाए, कहीं पत्नी पर हमला न कर बैठे!

दिन भर ऑफिस के काम में मन नहीं लगा। आशंका ही आशंका। कई बार पत्नी को फ़ोन किया तो उनकी मुस्कराती आवाज से थोड़ा आश्वस्त हुआ, लेकिन फ़ोन रखते ही फिर वही आशंका! वही डर! वही भय!

ऑफिस छूटने से दो घंटे पहले ही मैं घर आ गया।

पत्नी ने मुस्कराते हुए फाटक खोला तो जान में जान थी।

स्कूटर टिका रहा था, वह लड़का गली के छोर से लचका-सा खाता, आता दिखा—इस वक़्त वह मेरी बुश्शर्ट पहने था!

पत्नी उसे देख मुस्करा रही थीं और मैं फिर आशंका के घेरे में था।

❑ ❑ ❑